Für Euch

Das Buch
Bruce darf zum ersten Mal mit in den Urlaub!
Wie das mit dem Fliegen gehen soll, hat ihm niemand erklärt. Auch nicht, warum er dreimal durch die Röntgenkontrolle am Flughafen muss. Warum sich die Urlauber auf Mallorca den Schatten leihen müssen, und warum Frauen dort so gerne neue Unterhosen kaufen, all das beschäftigt ihn und er beginnt mitzuschreiben.

In Wien entdeckt Bruce sein Interesse für die Kunst und das Theater. Was die Wiener mit „Küss` die Hand, gnä Frau" dort alles erreichen, gibt ihm zu denken.

Dieses ist die zweite Auflage seiner ersten beiden Bücher. Er hat wegen der besseren Lesbarkeit kleine Änderungen vorgenommen.

Der Bär
Bruce ist waschbar, mittelbraun und außerordentlich gutaussehend. Er hält sich für einen Rassebären und neigt gelegentlich zu Übertreibungen. Er wurde in China genäht und erlebt seine ersten Abenteuer. Sollte er mit dem Bücherverkauf reich werden, wird er sich einen Porsche kaufen.

Ein Bär erobert die Welt!

Bruce auf Mallorca – Bruce in Wien

Fotografiert und aufgeschrieben
von
Gitta Gampe

Bibliografische Information der Deutschen Nationalbibliothek
Die Deutsche Nationalbibliothek verzeichnet diese
Publikation in der Deutschen Nationalbibliografie, de-
taillierte bibliografische Daten sind im Internet über
http://dnb.d-nb.de abrufbar.

Herstellung und Verlag: BoD – Books on Demand
Norderstedt.

ISBN 9783754337127

Inhaltsverzeichnis

Inhaltsverzeichnis

Plüschseele und Drahtseilnerven

Wir fliegen nach Mallorca!

Aber wie soll das gehen? Hab ich vielleicht Flügel? Ich bin ein Bär!

Mir erklärt ja wieder keiner was.

Brummel.

Na egal, Hauptsache, ich darf mit. Ich – Bruci! Weil ich alltagstauglich bin, sagt Mama. Chulio ist noch zu neu und flauschig. Wäre schade, wenn er sich gleich einsauen würde. Und sein schönes weißes Hemd könnte auch sehr schnell schmuddelig werden. Bruno und Jo[1] bleiben also mit Chulio zu Hause.

Bär, bin ich aufgeregt! Aber ich lasse mir nichts anmerken. Äußerlich völlig cool. Aber innen, ganz innen, zittern meine Plüschnerven.

Beim Einchecken, das heißt so, ich lerne jetzt alles, wie was heißt, also beim Einchecken muss ich mich ganz ruhig in eine Plastikschale setzen und damit durch das Durchleuchtungsgerät fahren. Zusammen mit Mamas Handtasche. Nicht, dass mir das mal irgend jemand vorher erklärt hätte! Nein. Bruci sitzt in einer Plastikschale und wird durchleuchtet. Toll. Ich bin ja sehr lernfähig.

---

1 Bruno, Jo und Chulio sind meine Brüder. Also Bärenbrüder.

Gut, dass ich meine Drahtseilnerven nicht drin hatte. Die Flughafen-Menschen würden sich wundern, wenn sie die gesehen hätten. So haben sie nichts gesehen. Gar nichts. Nur meinen Plüsch und der ist durchsichtig. Und meine große weiche Plüschseele ist auch durchsichtig. Mama wird nicht durchleuchtet. Die muss nur ihre ganze Tasche auspacken, und nachweisen, dass sie nichts Gefährliches darin hat. Wo sie eine Bombe daraus hätte basteln können. Hat sie aber nicht. Hätte sie auch sowieso nicht hingekriegt, das mit der Bombe. Dafür war sie viel zu schlecht in Chemie in der Schule.
Kichert.

Mich halten die Flughafen-Menschen nach der Sache mit der Plastikschale mittlerweile auch für ungefährlich. Obwohl ich sehr ernst gucke.

Nun sitzen wir schon eine halbe Stunde im Törminell und warten auf das Flugzeug, das uns nach Mallorca bringen soll. Das kommt nun auch, und alle die damit nach Frankfurt wollen, sollen da nun einsteigen, sagt die Lautsprecherin.

Wie – nach Frankfurt?

Mama wird blass, stopft mich hastig in ihre Tasche und wir rennen los. Also, sie rennt, ich bin ja in der Tasche und wundere mich. Mir erklärt ja nie einer irgendwas. Wie ich ganz nebenbei erfahre, rennen wir zum richtigen Törminell. Ich und die Tasche müssen wieder in die Plastikschale und ab zum Durchleuchten.

Bin ja schon Profi! Macht mir gar nichts aus. Ha!
Guckt völlig unbeteiligt.

Auf dem Röntgenbild sieht jederbär sehr deutlich, dass ich nicht nur nicht gefährlich bin, sondern auch kein Verdauungssystem habe!
Die Zeit, um den richtigen Flieger zu erreichen, wird nun langsam knapp, vermute ich. Ist ja mein erster Flug überhaupt. Ich muss wieder in die Tasche, Mama rast los zum Ausgang für den richtigen Flieger. Knallt aber voll gegen die Glastür, denn die ist zu. Dafür geht jetzt die schrille Terroristen-Alarm-Sirene los! Na toll, der Flieger ist wohl nun weg. Ohne uns. Ich ergebe mich in mein Schicksal. Gleich werden wir alle beide verhaftet werden. Habe ich schon mal im Film gesehen.
Überlegt sich gute Argumente. Kommt nur auf, ich wars nicht.

Mama dreht sich zu den entspannt wartenden Fluggästen um. Der Flieger nach Mallorca hat Verspätung. Der ist noch gar nicht gelandet, sagt die freundliche junge Frau hinter uns. Mama sinkt erschöpft auf die Lederimitat-Sitzgruppe. Ich wische mir heimlich den Schweiß von meiner Plüschstirn. Dann kommt die Durchsage, der Flug nach Palma de Mallorca verspätet sich voraussichtlich um eineinhalb Stunden. Na, gut, dass wir Urlaub haben, sagt Mama.
Also muss ich wieder in die Tasche, kenne ich ja schon.

Weil wir wieder aus dem Törminell-Warteraum raus gehen. Weil Mama jetzt einen großen Milchkaffee und einen Schokokroassong braucht.

Wegen ihrer Nerven, sagt sie. Und weil frau nicht weiß, wann sie heute noch mal was zu essen kriegt. Und überhaupt. Schokokroassong ist immer gut.

Ich darf mit am Tisch sitzen. Öffentlich! Jetzt schreibe ich mir alles auf. Denn das glaubt einem ja hinterher keinbär, was beim Reisen alles so passiert. Und das kann sich auch keinbär alles merken!

So, die Wartezeit ist schon wieder um. Nun fahre ich also zum dritten Mal durch die Röntgenkontrolle! In einer Plastikschale! Ich glaube es nicht. Meinen die, ich würde innerhalb von zwei Stunden eine Terroristenausbildung machen? Ich gucke wieder sehr ernst. Das hat sich bewährt.

Die Flughafen-Aufpass-Frau krault mich an der Nase, als ich dann aus dem Gerät wieder rauskomme. Ich sage nichts. Ist wohl besser. Will ja nicht auffallen. Ob so viele Röntgenstrahlen schädlich sind für mich?

Wir sind im Flugzeug! Nun geht es endlich los. Ich habe einen eigenen Sitz zugeteilt bekommen und bin fest angeschnallt. Manche Babys weinen beim Starten. Ich nicht. Ich bin ja auch schon drei oder fast vier. Da weint bär nicht. Vielleicht tun den Babys auch die Ohren weh, sagt Mama. Meine tun mir nicht weh. Gut, dass ich Plüschohren habe!

Wir fliegen natürlich mit Air Bärlin. Die Lautsprecherin sagt, dass wir nun die richtige Flughöhe erreicht haben. Ich konnte mir die Zahl nicht merken, aber es waren ziemlich viele Bärenfüße hoch. Eine Million oder so. Und draußen ist es bitterkalt. 53 Grad minus! Hätte ich bloß meinen Schal mitgenommen. Mama hat auch nur Sommersachen mit. Die wird sich wundern!

Grund für die Verspätung, erklärt der Herr Pilot, war ein kranker Passagier. Für den sind sie in Köln zwischengelandet. Ich lehne mich sehr beruhigt zurück. Wenn es mir jetzt schlecht gehen sollte, würde mich der Herr Pilot bestimmt gleich in die nächste Bärenklinik fliegen.

In Bremen mussten zuerst die braunen Passagiere aus der Maschine raus. Dann konnten die Beigefarbenen und die Hellbraunen rein. Ich bin ja schon mittelbraun, deswegen hab ich die anderen auch vorgelassen.

Nun kriege ich ein Sandwich und ein Getränk! Ach ne, ist nicht für mich, ist für Mama. War aber auch nicht so toll, das Sandwich, bisschen trocken, sagt sie. Ist ja klar, wenn da Sand drin ist.

Ich sitze am Fenster und kann unten alles gut erkennen. Der Herr Pilot ist nach rechts abgebogen. Woher der das wohl weiß, wo er lang muss? Hab gar kein Schild nach Mallorca gesehen.
Grübelt.

Oh, es gibt schon wieder Getränke! Kaffee, Tee, Cola, Tomatensaft. Immer diese Entscheidungen, ist voll der

Stress. Mama nimmt eine Cola. Vielleicht kriegt sie das trockene Rest-Sandwich damit runter. Die jungen Väter lassen bei der Stewardess die Babyfläschchen aufwärmen. Die Kinder bekommen nun was zu malen und schicke Mützen. Und was krieg ich? Haaaalllo? Fräulein! Hallo! Nichts, keine Reaktion. Na ja, so gut kann ich auch gar nicht malen. Aber die Mütze wäre schon schön gewesen.
Seufzt.

Alles wird abgeräumt. Wir sind wohl bald da. Fliegen macht uns ja nichts aus. Aber vor dem Landen hat Mama immer Bammel. Wenn der Boden in Sichtweite ist, aber die Geschwindigkeit noch 300 Stundenkilometer beträgt, da kriegt sie jedes mal feuchte Hände. Sie klammert sich an meinen plüschigen Füßen fest. Nach der Landung sind die dann völlig durchgefeuchtet! Na ja, hier soll es ja warm sein auf Mallorca. Trocknen schon wieder.

Menschen im Sand

Erst einmal kommen die Leute mit dem Flugzeug auf Mallorca an. Dann kullern sie alle wild durcheinander raus aus dem Flieger und drängeln in die Busse. Beim Einsteigen ist das erstaunlicherweise genau umgekehrt. Da wollen immer alle auf einmal rein. Die Busfahrer, wenn ich groß bin werde ich auch Busfahrbär, bringen die Leute, wenn die noch hellbeige sind, in alle Richtungen, nur weg vom Flughafen.

Die Leute werden in Hotels verteilt, die immer am Strand sein müssen. Weil ohne Sand ist das kein guter Urlaub! Sand ist ganz wichtig. Alle sind sehr in Eile, weil sie Urlaub haben, denn im Urlaub haben die Menschen nämlich überhaupt keine Zeit mehr.
Kratzt sich am Kopf.

Könnt ihr noch folgen? Gut, jetzt kommt es. Also, alle Leute sind nun endlich im Hotel mit Sand drum herum angekommen. Sofort ziehen sie sich lustige Sachen an. Bei den Männern sieht bär erstaunlicherweise Beine, meist mit Fell dran. Die Frauen ziehen eigentlich fast alles aus. Aber das wird mal ein eigenes Kapitel, führt nun zu weit.

Wenn dann alle fast nackich sind, gehen sie zum Strand. Da stehen die Liegen und die Schirme ordentlich in einer Reihe. Nun werden die Leute auf einmal ganz müde und legen sich auf die Liegen. Eigentlich plumpsen sie drauf. Aber plötzlich springen sie wieder auf und rufen: Ist mir heiß! Obwohl sie genau das ja eigentlich wollten. Dabei haben sie nicht mal richtiges Fell!

Jetzt kommt der Schatten ins Spiel. Zwischen zwei Liegen ist immer ein Sonnenschirm und der macht

Schatten. Aber morgens fällt der nicht direkt auf die Liegen, sondern erst mal schräg dahinter. Könnt ihr noch folgen? Soll ich euch das mal aufmalen?
Sucht Papier und seine Buntstifte.

Also, möglichst bald sollten sich die Hingeplumpsten in den Schatten legen. Denn sonst werden sie hellrot, dann mittelrot und kurz danach fangen sie an streng zu riechen!
Schüttelt sich.

Aber die Urlauber müssen genau gucken, wo der Schatten von ihrem Schirm ist. Denn sie dürfen sich nicht in den Schatten legen, der ihnen nicht gehört, sonst kommt nämlich alles durcheinander am Strand. Ist klar, oder? Wenn endlich jeder richtig liegt, dann kommt der Schattenmann und alle müssen bezahlen. Für die Liegen und für den Schatten.

Die Leute dürfen nix mitnehmen, nicht die Liegen und nicht den Schatten. Obwohl sie viel Geld dafür bezahlt haben. Gehört ihnen nicht wirklich das ganze Zeug. Der blöde Schatten wandert sowieso immer woanders hin. Und alle müssen immer hinterher, sonst werden sie doch noch ganz rot. Oder nur auf einer Seite. Was noch schlimmer aussieht.
Bär kann die Menschen am Strand in drei Kategorien einteilen:

Kategorie Eins:
hat sich eine Liege und einen Schatten gemietet. Weil Kategorie Eins nämlich zu alt oder zu behindert sind, um sich platt in den Sand zu legen. Oder, weil hinlegen geht noch, aber wieder aufstehen geht nicht mehr so gut. Oder nur mit Ächzen und Stöhnen. Mama.

Kategorie Zwei:
hat sich Luftmatratzen gekauft und liegt damit irgendwo, wo keine Liegen stehen, aber noch Sand ist. Oder „auf Lücke" zwischen den Liegenbesitzern. Das ist ein sehr kompliziertes System, weil die Luftmatratzen-Menschen sehr aufpassen müssen, nirgendwo den Hoheitsraum der Liegenbesitzer zu verletzen. Und das ist schwierig, weil der ist so unsichtbar wie meine Plüschseele!

Kategorie Drei:
sind Engländer. Bär erkennt sie an der hellen Haut. Diese hellhäutigen Felllosen, kommen an und plumpsen direkt in den heißen Sand. Sie haben keine Luftmatratzen und keine Liegen. Sie sitzen auf kleinen Gäste-Handtüchern. Dann fangen sie an zu verbrennen. Sofort! Die Engländer bevorzugen die Mittagszeit wegen der besseren Verbrennungswerte. Die Leute, die aus England kommen, sind immer ganz hellst-weiß und haben hellblaue Augen. Bei denen hat der gewonnen, der in kürzester Zeit dunkelrot ist. Die wollen das so haben. Die jammern auch nicht, wenn das Rote abends noch röter wird, Blasen schlägt und ganz doll weh tut.

Die trinken dann einfach ganz viel Bier und vergessen den Schmerz. Am nächsten Tag versuchen sie dann das Dunkelrote noch zu verstärken. Sind richtige Helden die Engländer.

Dann gibt es noch die Läufer. Meist Männer in den nicht mehr ganz so besten Jahren. Die schaukeln ihr lustiges Bäuchlein am Strand hin und her. Die dazu passenden Gattinnen tragen leider nicht die vorteilhafteren Einteiler. Was die nun aber anhaben, wollte Mama mir nicht sagen. Ich wäre noch zu klein für solche Details.

Und wie bei den älteren Bären, halten auch bei den Menschen irgendwann die Nähte nicht mehr so gut. Oder die Füllungen verrutschen oder das Fell fusselt ab. Ich darf nicht mit an den Strand! Ist auch viel zu heiß. Und die Ausbleich-Werte für Bären sind extrem hoch. Außerdem würde ich in kürzester Zeit voll fettig werden, weil Mama sich ständig eincremt.

Ist ganz schön kompliziert diese Strandsache. Ich habe es noch nicht ganz verstanden. Aber ich bin ja auch erst drei.

Na endlich! Ich darf auch mal vor die Tür! Ist ganz schön heiß, so über dreißig Grad. Nirgendwo sind andere Bären zu sehen.

Fürs Foto klettere in einen Mimosenbaum, der mich zwar am Fell kitzelt, aber ich lache nicht! Danach lehne ich mich dekorativ an eine Palme und gucke weltbärisch in die Weite. Ist ein richtiges Fotoschuting! Auf einem Pferd darf ich sitzen, das ist aber nur aus Plastik, gar nicht echt. Ich tue aber so, als ob ich das nicht merke. Das Pferd fordert, dass Mama Bäros in einen Schlitz steckt. Tun wir aber nicht.

Ich bin ja froh, dass ich überhaupt mal vor die Tür darf. Da werde ich doch nicht meckern wegen der paar Bäros und dem Pferd.
Guckt dankbar.

Aber jetzt!
Das Meer!
Ich bin sprachlos! Ganz doll sprachlos!
Ist sprachlos.

Ist das groß.
Und blau!
Wie mein Hemd, das Rena mir genäht hat. Extra für den Sommer. Ein Sommerhemd. Weil es so heiß ist, setzen wir uns in ein kleines Lokal, ganz dicht am Meer.
Ist das schön.
Ich darf auf einem eigenen Korbstuhl sitzen, weil ich mein schönes Hemd anhabe und so gut aussehe. Na ja, Chulio würde hier noch besser aussehen, mit seinem weißen 70`er Jahre-Hemd und der schwarzen Seidenkrawatte und dem Goldkettchen.
Aber der ist ja nicht da!

Mama bestellt sich einen Cortado, einen kleinen Kaffee mit ein bisschen Milch. Glaubt sie zumindest. Was kriegt sie? Ein Glas Roséwein, Rosado. Hat sie wohl wieder genuschelt. Ich grinse ganz unmerklich in meine Plüschbacken. Nein danke, ich möchte nichts, ich habe ja kein Verdauungssystem. Das wurde mir bei den drei Röntgenkontrollen am Flughafen mal wieder schmerzlich bewusst. Aber mich fragt sowieso keiner, ob ich was bestellen möchte! Irgendwie wird man hier als Bär nicht wahrgenommen.
Grummelbrummel.

Blanco

Abends, wenn die Touristen genug gegessen haben, stöhnen sie kurz auf, weil sie soviel gegessen haben. Dann machen sie sich hübsch, oder was sie dafür halten und gehen schoppen. Das heißt, die Mädchen gehen schoppen und die Jungs stehen irgendwo rum und warten auf die Mädchen. Die ganz schlauen Jungs setzen sich irgendwo hin, weil sie wissen, dass das dauert mit dem Schoppen. Abends sind es nicht mehr 32 Grad sondern nur noch 25 Grad, Mama findet das herrlich! Klar, die hat auch kein Fell. Wird ja alles abrasiert.

Von ihrem Beutelzug bringt sie mir einen kleinen weißen Kumpel mit, damit ich abends nicht so allein bin.

Denn sie will das jetzt jeden Abend machen, das mit dem Schoppen, sagt sie. Muss ich ja auch nicht verstehen. Der kleine Weiße entpuppt sich als Waschbär.

Ich nenne ihn Blanco. Den hat Mama aus einem Parföngladen gerettet. Am Rücken hat er Rubbelfrottee, und eigentlich sollen sich die Mädchen damit den Rücken schrubben, oder die Ohren? Aber der ist nur für mich, nicht zum Waschen. Ich passe jetzt auf ihn auf.

Das Zimmermädchen Amalia hat uns nach dem Bettenmachen ganz ordentlich nebeneinander gesetzt. Wir waren ganz leise, als sie das Zimmer aufgeräumt hat, damit sie denkt, dass wir Plüschtiere sind. Wir haben nicht geatmet und nicht gezwinkert. Als sie fertig war, sind wir durchs Zimmer getobt und haben wieder alles durcheinander gebracht. Dann haben wir spanische Zeichentrickfilme geguckt, aber kein Wort verstanden.

Wenn Bären schlafen

Mama kommt erst nach Mitternacht nach Hause! Das macht sie doch sonst nicht!
Plüschkopfschüttel.

Sie hat sich eine Travestie-Show angesehen. Keine Ahnung, was das nun wieder ist! So was haben wir bei uns auf dem Lande nicht. Aber sie erklärt es mir. Bin ja lernfähig. Ich schreibe mir alles auf, für später!

Also, bei einer Travestie-Show, da treten Männer auf, die sich anziehen wie Frauen, aber viel doller, so wie sich richtige Frauen niemals anziehen würden, sagt sie. Und dann singen diese Männer, die sich viel doller als richtige Frauen anziehen. Aber nicht wirklich, die tun nur so, weil eigentlich ganz andere Frauen singen, die singen aber auch nicht wirklich, sondern die kommen nur aus dem Lautsprecher.

Aha. Ich denke darüber noch mal nach, später. Denn es geht schon weiter mit Erklären.

Diese Frauen, die ja Männer sind, aber egal, die ziehen sich Schuhe an, die sind soooo hoch!
Mit Plüschtatze zeigt.

Fast 15 cm hoch! Aber die Frauen, die nur so tun, als ob sie Frauen wären, die fallen da nicht mit hin, weil die das vorher üben. Klar. Verstanden.

Mama sagt, das wäre alles sehr lustig gewesen. Und am Schluss hätte sich der Mann, oder die Frau, die Perücke abgenommen, sich die Schminke abgewischt und „My way" singen lassen aus dem Lautsprecher, das wäre echt klasse gewesen, sagt sie.
Guckt verwirrt.

Heute Abend geht sie schon wieder aus! Irgendwo gibt es Elvis. Der singt aber richtig. Und ist auch ein Mann. Aber verkleidet wie ein Elvis. Ich weiß nicht mal was ein Elvis ist, mir sagt ja keiner was!

Mama hat zwei Schwestern kennengelernt. Sind im gleichen Alter wie sie selber, haben fast den gleichen Job, und alle Drei sind immer nur am Lachen! Das macht bestimmt die Wärme hier. Da wird man ganz plüschig von im Kopf.

Ich glaube nicht, dass ich mit zu dem Elvis darf, dann wäre Blanco ja auch ganz allein, denn der darf bestimmt nicht mit, der ist noch viel zu klein.

Wieder kommt sie ganz spät nach Hause! Endlich am nächsten Morgen erzählt sie mir von dem falschen Elvis. Der hat das toll gemacht, besser als der Echte, sagt sie. Ich kann dazu nichts sagen, bin ja erst drei und Elvis ist schon hundert Jahre tot, oder so.

Na ja, vielleicht lag es auch am Campari-Orange, dass sie den Elvis so toll fand.
Plüschig grinst.

Die trinken hier alle abends so bunte Sachen aus Gläsern mit langen Strohhalmen drin. Die sind einen Bärometer lang, die Halme! Ich weiß aber nicht wieso sie das machen, und ich will auch nicht immer fragen. Und hier ist sowieso alles anders.

Also, der Elvis, der Falsche, hat bis Mitternacht gesungen. Dann kam die Policia und hat gesagt, jetzt solle er aber mal aufhören! Oder leiser singen, weil die Leute in den Hotels sonst nicht schlafen könnten. Aber leiser wollte er nicht singen, und er wäre auch schon fertig und dann haben alle geklatscht. Es hätte auch nichts gebracht, wenn ich dabei gewesen wäre. Mein Klatschen hört man immer nicht, wegen dem Plüsch.

Nächster Abend. Nun gabs Mamma-Mia, uhund - wer war nicht dabei? Richtig, ich! Aber sie hat den Mädels von mir erzählt und meine Grüße bestellt. Die sind freundlich interessiert und meinen, ich könnte doch ruhig mal mitkommen.

Nachtleben

Ich war aus! Abends! Erst haben wir Fotos von mir gemacht. Im Abendlicht sehe ich nämlich besonders gut aus, da kommt meine Fellstruktur toll zur Geltung. Die beiden alten, russischen Damen im Hotel haben mich ziemlich verständnislos angesehen. Vielleicht kennen die aus Russland noch echte Bären, mit funktionierenden Verdauungssystemen! Ich habe harmlos geguckt und nicht gebrummt, um sie nicht zu erschrecken.

Aber dann, auf der Promenade! Ich habe, ganz lässig, mein Plüschbein auf dem Mäuerchen, in die Abendsonne geblinzelt. Am Strand durfte ich bei den Sandskulpturen posen. Ja, das heißt posen, hab ich bei den Top-Models gelernt.

Klar, dass wieder alle Menschen stehen bleiben. Klar, dass wieder alle ein Foto mit mir drauf haben wollten.

Der Herr Sandstrandskulpturenbauer fand mich nett und hat mich fürs Foto an der Sandstrandskulpturenbauer-Schaufel festgemacht. Tat ein bisschen weh, ich

habe mir aber nichts anmerken lassen. Haben ja alle auf mich geguckt, da weint ein Bär nicht! Ich wurde wie ein Star-Bär fotografiert und ich hab so getan, als hätte ich die Sandstrandskulptur mit eigenen Tatzen gebaut. Jetzt bin auf allen Fotos von der ganzen Welt!
Schüttelt sich den Sand aus dem Fell.

In einer Boutique wollte Mama sich dann einen Bikini kaufen. Kannste aber vergessen, sagt sie, alles nur Modelle für Mädels, die gar keinen Bikini brauchen, weil sie so mager sind.

Aber eine sehr schöne Kette hat sie dort gefunden. Ketten kaufen geht leicht, sagt sie, die passen immer. Ich habe nicht gesagt, dass sie schon eine Kette zu Hause hat. Hatte sie vielleicht vergessen. Na ja, wird sie schon merken, dass sie schon eine hat, wenn wir wieder zu Hause sind. Beim Bezahlen hat sie mich aus der Tasche gucken lassen und gefragt, ob sie mal ein Foto von mir hier im Laden machen dürfte? Klar - durfte sie.

Aber dann, draußen im Schaufenster! Ich kann kaum drüber sprechen - es war so schlimm! Sitzen da eingesperrte Plüschtiere, ganz Große, eingesperrt! Die haben so traurig durch die Scheibe geguckt! Mir standen die Tränen in meinen Knopfaugen. Kaufen konnten wir sie nicht, waren zu viele. Wir hätten nachts einen großen Stein in die Scheibe schmeißen können, um sie zu befreien.

Aber das wollte Mama nicht, wegen der Policia. Und weil sie ja wieder arbeiten müsste, nächste Woche. Dann könnte sie ja nicht im spanischen Gefängnis sitzen, wegen illegaler Plüschtierbefreiung. Habe ich eingesehen und ihnen zum Abschied gewunken.

Im Lokal haben wir die Schwester-Mädels getroffen. Die fanden mich klasse, war ja zu erwarten. Ich sah auch gut aus, hatte mein Hemd oben offen, bis zur Brust. Bauchnabel habe ich ja nicht.

Schaut schnell mal nach.

Ne, habe ich nicht. Keinen Bauchnabel, nur Plüsch, soweit das Knopfauge reicht.

So, aber jetzt haltet euch gut fest! Da sagt Renate, die Schwester von der Schwester, und zeigt auf mich, „Was ist er denn für ein Tier? Ist das überhaupt ein Bär? Der hat ja so eine große Nase!"

Ich war platt! Wie, was für ein Tier? Ich – kein Bär? Große Nase?

Ich stürzte in eine echte Identitätskrise. Das hatte ja noch niemand zu mir gesagt! Ich bin doch Bruci, der große starke Bruci-Bär! Und Held!

Ich habe ihr schnell verziehen. Vielleicht hat sie keine Kontakte zu Bären ohne Verdauungssysteme.

Dann ging das Singen auf der Bühne los. Cool-and-the-gang in Nachgemacht. Ich habe immer rhythmisch mit geklatscht, zu leise natürlich, wie immer. Das alte Plüschbären-Problem.

Auf einmal, ich sitze ganz still auf Mamas Schoß, läuft ein kleines, blondgelocktes Mädchen dicht an mir vorbei. Sie ist kaum größer als ich und genauso alt. Erst haben wir uns nur angeguckt. Beim zweiten Vorbeilaufen hat sie mich ganz vorsichtig angestippt. Als sie mutiger wurde und ich nicht gebrummt habe, hat sie mir sehr vorsichtig über meine Plüschbacke gestreichelt. Plötzlich nimmt sie mich ganz feste in den Arm, dass mir fast die Luft wegbleibt! Sie küsst und herzt mich, dass meine Fusseln fliegen! Fast hätte sie mich mitgenommen, wenn Mama mich nicht ganz fest am Bein festgehalten hätte.

Da habe ich doch Angst bekommen. Habe ich mir aber nicht anmerken lassen, bin ja ein Held.
Zittert noch immer.

Mama hatte Recht, Nachtleben ist für Bären ohne Verdauungssysteme echt aufregend.

Am nächsten Tag haben sich die Schwestern und Mama zum Erdbärkuchen-Essen verabredet. Mit riesig viel Schlagsahne, wenn schon denn schon, sagt Mama. Die drei haben erzählt und gelacht und noch mehr erzählt und noch mehr gelacht, Frauen halt. Bär weiß nie so genau, worüber die eigentlich immer lachen. Irgendwann hatten sie dann genug gelacht und erzählt, und wollten bezahlen.

Ruft die eine Schwester von den Schwestern einen

Mann von der Straße zu sich und gibt dem Geld. Der lacht auch und nimmt das Geld. Und Mama denkt, das ist doch gar nicht der Kellner gewesen? War er aber doch. War alles richtig.

Mama sagt, in Deutschland erkennt man die Kellner daran, dass die nie da sind, wenn man sie braucht. Und das die meistens muffelig sind.

Schreibt sich das auf.

Auf dem Markt

Alle müssen immer auf den Markt! Nicht alle – aber alle Frauen. Und immer! Da kriegt frau dann die Sachen, die sie auch in den normalen Geschäften bekommen würde. Aber Markt ist Markt. Und da verstehe ich nichts davon, sagt Mama.

Es sind gefühlte 39 Grad im Schatten für die ohne Fell. Die anderen, also die mit Fell, gehen besser nicht mit, sondern bleiben im klimatisierten Hotelzimmer und gucken spanische Zeichentrickfilme.

Alle Frauen kaufen sich erst mal Fächer. Und frische Unterwäsche. Mama erklärt mir, Unterwäsche ist auf dem Markt immer sehr billig. Ich weiß nicht mal, was Unterwäsche ist, egal. Frau geht also zu einem von den Ständen mit bärollionen von Unterhosen und Büstenhaltern.

Plüschig grinst.

Preisvergleiche zwischen den einzelnen Ständen bringen nichts, die Sachen kosten überall dasselbe. Erst muss man so ein bisschen unschlüssig gucken und hier und da etwas anfassen, dann kommt eine rundliche, schwarzhaarige Frau mit goldenen Ohrringen und sagt, guuute Ware, sehr billig! Daraufhin muss man noch unschlüssiger gucken und an den Sachen rumziehen, und sie hin und her wenden, also die Unterwäsche, nicht die Rundliche.

Anprobieren kann man die Sachen nicht. Aber die rundliche Frau mit den goldenen Ohrringen weiß sowieso von Anfang an, welche Größe frau braucht. Immer zwei mehr als frau gerne hätte. Die Schwarzhaarige nimmt also den in die Auswahl gekommenen BH und stopft eine Brust der Kundin von außen in das Körbchen und sagt, passt! Guuute Qualität, sehr billig!

Bei zwei Stück für fünf Bäros ist das Risiko des Fehlkaufes überschaubar. Also ab in die Tüte mit den Beiden für fünf Bäros.

Noch lustiger ist es bei den Unterhosen. Die Frau Verkäuferin, schwarzhaarig, rundlich, goldene Ohrringe, erklärt bei 39 Grad im Schatten und 90 Prozent Luftfeuchtigkeit immer wieder, dass eine Unterhose drei Bäros kostet, zwei fünf Bäros kosten, sechs Unterhosen aber zehn Bäros. Die potenziellen Käuferinnen prüfen die Ware, ziehen dran rum, dehnen sie bis zum Äußersten, und sehnen sich nach ihren persönlichen Traumgrößen.

Die jeweiligen männlichen Begleiter stehen dabei und haben Verzweiflung im Blick und Schweiß auf der Stirn. Und wünschen sich weit weg oder in die nächste Bar. Die können nicht verstehen, dass frau solange an Unterhosen rum zerren kann! Die Verkäuferin hat markterprobte Geduld und erklärt gebetsmühlenartig das Angebot, eine für drei, zwei für fünf und sechs für zehn Bäros.

Die andere Sorte Unterhosen, die mit der automatischen Bauch-weg-Funktion, hat natürlich andere Preise!

Der Ehemann kriegt langsam dicke, rote Adern auf der Stirn und versucht den Einkauf seiner Frau zu beschleunigen. Was ein großer Fehler ist, denn nun faucht sie ihn auch noch an!

Mama kauft zwei Unterhosen und zahlt gern sechs Bäros, weil sie das ultimative Bauch-weg-Po-raus-Modell gefunden hat. Tja, wenn es hilft. Ich als Bär verstehe ja nichts davon, ich trag nur meine Fellhosen. Mit der: Figur-ist-völlig-übärbewertet-Funktion!

Nach dem Kauf flüchtet Mama aus der Mittagshitze in eine kleine Bar am Markt, um schnell wieder einen Temperaturausgleich herzustellen.

Draußen vor dem Café, flöten spanische Indianer in voller Kriegsbemalung, plus Federschmuck und langen Lederhosen, sich einen Wolf mit Playback im Hintergrund. Sie wollen ihre CDs verkaufen und einige Touristen erwerben das Geflöte. Meist Alt-68`er mit

Gesundheitslatschen und fettigem Haar. Mama weiß, wo diese CDs zu Hause landen. Im Regal, schnell vergessen und irgendwann auf dem Flohmarkt wieder zu finden. Aber selbst da will sie nicht mal einer mehr geschenkt haben. Weil jeder selber solche Fehlkäufe zu Hause hat. Und, weil auf der CD die Wärme und das Meer und die entspannte Urlaubsstimmung fehlt, in der man das Geflöte gekauft hat.
Bescheid weiß.

Mama packt. Wir müssen wieder nach Hause. Weil sie wieder neue Bäros verdienen muss.

Ich habe nicht viel zu packen, nur meinen neuen Kumpel Blanco nehme ich mit. Die Gästeseife und die kleinen Fläschchen aus dem Badezimmer lasse ich für Mama stehen. Die packt die immer ein. Der freundliche Busfahrer sammelt nun ordentlich alle Urlauber wieder auf. Vor jedem Hotel stehen sie da mit ihren Taschen, sind rotbraun überall und gucken traurig. Am Flughafen werden wir wieder durchsucht, das lässt mich mittlerweile völlig kalt das Ganze. Ich weiß Bescheid – ich bin ein Vielfliegbär!

Kunsthysterisches Museum in Wien

Ich darf mit reihein! Ich darf mit reihein! Mamas Tasche wird nicht durchsucht beim Eintritt ins Museum.

Sonst hätte ich nämlich ins Schließfach gemusst.
Gruselt sich furchtbar.

In Bremen in der Kunsthalle ist das so, sagt Mama
Keine Ahnung, da war ich noch nicht, in Bremen im Museum. Aber jetzt! Ich darf hier mit rein – ganz offiziell
– ich Bruci, der Bär!
Ich setze meinen künstlerisch-wertvollen Fachbärenblick auf. Und bin gespannt, bis in die Spitzen meiner
Plüschohren. Schwupps sind wir drin, im Museum.
Flüstert nur noch.

Ist das groß! Ist das toll! Ist das üppig!
Kein bisschen wie bei uns zu Hause. Mama hat ja
auch Bilder. Aber hier sind viel mehr! Und in unglaublich
vielen Räumen! Und wie gemütlich – immer stehen Sofas
vor den Bildern. Da kann bär sich auch mal ein bisschen
hinsetzen und alles in Ruhe angucken. Am liebsten mag
ich die Bilder mit den dicken Engelbabys. Die sind so
niedlich! Sind von Rubens, sagt Mama. Kenne ich nicht,
Rubens. Mama kriegt das zugeflüstert aus dem Zuflüstergerät, ha! Sehr schlau, Mama! Das Gerät erzählt
ihr alles was sie wissen soll über die Bilder. Ist klasse,
sagt sie. Ich darf auch mal hören, aber ich finde Engel
einfach nur angucken viel besser.

Fest der Venus" ist mein Lieblingsbild. Da sind jede
Menge von den kleinen, dicken Engeln drauf! Putten

heißen die kleinen, dicken Engel, sagt Mama. Also auf dem Bild von der Venus-Party sind die meisten Putten auf einmal drauf versammelt. Hab ich nachgezählt. Mama fotografiert und keiner meckert. Hier darf sie das nämlich. Nicht so wie in Bremen in der Kunsthalle, da müsste bär sogar die Jacke ausziehen, wegen der Luftfeuchtigkeit. Wenn er denn überhaupt rein dürfte. Da hätte ich mein Fleece-Shirt bestimmt nicht einmal im Schließfach anlassen dürfen. Dann wäre ich ganz nackich gewesen.

Zittert bei dem Gedanken.

Nach den vielen nackten Engeln brauchen wir dringend eine Pause. Zwischen den Räumen der italienischen und denen der französischen Maler haben sie ein Café gebaut, ganz schön pfiffig, die Österreicher. Wir bestellen „Café Maria Theresia", mit Schlagobers und Likör! Für mich sieht das aus wie Kaffee mit Sahne, aber mich fragt ja wieder keiner.

Mama nutzt die Pause, um sich was von dem Flüstergerät zur Baugeschichte des Museums einflüstern zu lassen. Klar, dass sie den falschen Knopf drückt und nun fünf Minuten Erklärungen darüber hört, wie sie das Gerät bedienen soll.

Endlich merkt sie, dass sie das ja eigentlich schon kann. Also, anderer Knopf gedrückt und nun kommt die Baugeschichte. Semper hieß der Architekt. Dem sein

Kopf steht aus Stein im Treppenhaus. Ich darf mich mal neben den stellen, fürs Foto. Der guckt mich auch richtig an. Obwohl er aus Stein ist und ich aus Plüsch.

Nach dem sauteuren Resi-Kaffee schauen wir uns die Bilder von den französischen Malern an. Mir schwirrt langsam der Kopf von den vielen Engeln, Marias und Heiligen. Mein Plüschhirn kann nix mehr aufnehmen. War aber toll im Museum. Nun kann ich auch was zum Thema Kunst sagen. Wenn mich mal jemand fragt. Fragt aber keiner. Hallo?

Weihnachtsmarkt

Mama entdeckt auf dem Wiener Weihnachtsmarkt ein kleines Buch. Es heißt, „Der Bärenbruder", ein schönes Bild ist vorne drauf von einem großen Braunbären. Sie kauft es. Aber nur, weil die Verkäuferin „Ein Euro, gnädige Frau", zu ihr gesagt hat. Da wartet sie ja schon die ganze Zeit drauf, dass mal jemand „Gnä' Frau" zu ihr sagt. Deswegen ist sie überhaupt nur hierher gefahren, wegen der, „Gnä' Frau" und „Küss die Hand, Gnädigste!". Da fährt sie voll drauf ab.
Brummelt etwas von Emanzipation.

Ich glaube, sie hat zu viele Sissi-Filme geguckt. Frauen sind merkwürdig. Erst wollen sie immer alles alleine können, brauchen niemanden, außer uns Bären, ist klar, und dann lassen sie sich vollsülzen.

Es wird ziemlich kalt auf dem Weihnachtsmarkt, guter Grund mal was Heißes zu trinken. Aber! Muss es unbedingt Bären-Punsch sein? Ich bin ziemlich wütend, merkt aber wieder keiner. Ich sitze ja auch bis zu den Ohren in Mamas Tasche. Aber, dass sie Bärenpunsch trinkt, das sehe ich. Mama sagt, der ist nicht aus Bären, sondern aus Beeren. Na gut, da hat sie ja noch mal die Kurve gekriegt. Dann isst sie Leberkäse, aber weit und breit ist kein Käse zu sehen, Leber auch nicht. Ich verstehe das alles nicht. Wäre aber sehr lecker gewesen, sagt sie. Muss ich mal glauben. Ich habe ja kein Verdauungssystem. Vielleicht kriege ich eins zu Weihnachten.
Sucht Papier für seinen Wunschzettel.

Wir bummeln weiter. Ute, Mamas Freundin, braucht dringend einen Kaffee. Einen richtig guten Kaffee! Keinen Kuchen, nur Kaffee! Gute Idee. Also zu Gerstner, „K. und K. Hofzuckerbäckermeister Gerstner", erstes Haus am Platze, Kärntner Straße. Ist schön kuschelig da, echt plüschig-gemütlich. Ich darf auch mal aus der Tasche und die Atmosphäre genießen. Gut, Ute, nun also Kaffee bestellen, und nix dabei.

Ute bestellt. War ja klar, ein Kännchen Tee und ein Stück Topfenstrudel! Wie, das war euch nicht klar? Mir schon. Aus meiner langbärigen Erfahrung weiß ich, dass Frauen meist das Gegenteil von dem tun, was sie sagen, *Weiß Bescheid.*

Mama möchte wirklich Kaffee und einen Pariser Spitz, das ist ein winziges Schokoladenzipfelchen. Bei dem Preis, hätte der auch etwas größer sein können. Aber die Größe sei nicht entscheidend. Die Mädels sagen, das verstehst du nicht, Bruci, und kraulen mir den Kopf. Es geht nur darum, dass man „hier" sei. Bei dem „K. und K. Hofzuckerbäckermeister, Gerstner". Aha. Ich merke mir alles. Wenn mal einer fragt, wo bär gewesen sein muss in Wien. Wahrscheinlich fragt keiner.

Kultur

Nun ist wieder Kultur dran. Ute stürmt in das Verkehrsbüro. Kann man bei ihnen auch Stadt-Führungen buchen? Nein, sagt die Dame, wir sind ein Reisebüro.

Ich lache mich kaputt in meiner Tasche!

Der Tag war lang und nun haben die beiden Hunger auf was Herzhaftes! Vor dem Restaurant, für das sie sich entscheiden, steht ein Schild, „Gulaschsuppe". Das klingt gut und kalt ist ihnen mittlerweile auch schon wieder. Auf der Speisekarte im Lokal findet Mama die Gulaschsuppe nicht und fragt Ute, wo steht denn die Gulaschsuppe, ich sehe die gar nicht auf der Karte?

Draußen, sagt Ute. Aber dann haben sie die Suppe doch noch entdeckt, auf dem losen Blatt mit den Tagesgerichten.

„Bittschön, Gnädigste!", sagt der Ober beim Servieren. Na, geht doch.

Nun aber wieder Kultur. Kenne ich doch schon, Kultur. Mama hat zu Hause so einen Beutel, da ist das ganze Zeug drin. Aber wir gehen wieder in ein Museum, *Grübelt.*

Im Sissi-Museum ist das Fotografieren bei Strafe streng verboten! Ich verziehe mich ganz nach unten in Mamas große Tasche und traue mich nicht raus zu gucken. Die arme Sissi fühlte sich auch gar nicht wohl in dem großen Palast, flüstert das Flüstergerät.

Toll – wie ich mich wohl grade fühle, ganz unten in der Tasche? Nun geht es in die Zimmer von der Familie Kaiser. Überall achten Aufpasser-Leute darauf, dass bloß keiner irgendwas fotografiert. Das reizt Mama natürlich ganz besonders, es zu tun. Sie setzt sich auf einen der erlaubten Stühle – es gibt nämlich auch unerlaubte Stühle – in einer Nische, ich gucke schnell mal aus der Tasche und! sie macht ein Foto! Ha! Nicht, dass der Raum nun besonders toll gewesen wäre. Aber die Gelegenheit war günstig.

Also, die arme Sissi war eine ganz besondere Bärsönlichkeit. Die hatte Turngeräte in ihrem Zimmer, ein Reck, Ringe und eine Sprossenwand. Wie im Fitnessstudio. Glaube ich. War ich ja auch noch nicht. Uhund! Die wog nur siebenundvierzig Kilo bei einer Größe von 172 Bärzimetern! Und ein Klo hatte sie auch schon,

ganz für sich allein. Hat Mama auch. Aber die wiegt auch wesentlich mehr.
Kichert.

Also - wenn Herr Kaiser, der Mann von der Sissi, seine Frau besuchen wollte, musste er vorher bei ihr klingeln. Vielleicht, damit sie von der Sprossenwand runterkam und sich noch die Haare kämmen lassen konnte. Im Museum haben sie auch die Mörderfeile gezeigt, mit der die Sissi erstochen wurde. Das Blut war aber schon abgewischt. Gut, dass ich unten in der Tasche saß.
Gruselt sich wegen der Mörderfeile.

Mit Sissi waren wir dann endlich durch. Nun gabs wieder eine Kaffeepause im Hofburg-Café. Bär! Da ist es aber auch vornehm, da in Wien! Und teuer! Aber frau gönnt sich ja sonst nichts. Also bestellen die Mädels heiße Schokolade mit Schlagobers und Cointreau. Ist klar, weil sie ja mal wieder Kaffee trinken wollen. Ich sage ja schon lange nichts mehr dazu. Zu dem Preis von den Kakaos hätten sie hier bei uns auf dem Land beide lecker Mittag essen gehen können. Aber alles ist schön plüschig hier im Hof-Café. Und überall sitzen Asiaten! Mit dem Flüstergerät können die die Geschichten von der Sissi auch verstehen. Schade, beim Bezahlen von dem teuren Kakaogelage, gab es keinen „Handkuss" und keine „Gnä`Frau" dazu. Kostet bestimmt extra, der Schmäh.

Nach der Kaffeepause dürfen wir in die Silberkammer. Was auch immer das nun wieder sein soll! Hier steht in den Vitrinen alles voller Porzellan. Ganze Schränke voll. Ach was sage ich, ganze Räume voll! Wie bei uns zu Hau-se. Nur viel mehr. Uhund! Ich durfte aus der Tasche und mir alles genau angucken. Stand auch nirgendwo ein Schild, dass Plüschbären in dieser stilvollen Umgebung nicht fotografiert werden dürfen. Ich kenne ja Porzellan, aber das hier übertraf wirklich alles. Die haben von goldenen Tellern gegessen, die Kaisers. Das muss die doll geblendet haben, glaube ich, *Blinzelt.*

Das nahm gar kein Ende mit dem vielen Geschirr. Auch die Mädels waren hinterher völlig erschöpft. Draußen an der frischen Luft sind wir in die Luxuseinkaufstrasse gegangen, wo es Läden gibt, die wir bei uns auf dem Dorf nicht kennen und auch nicht brauchen. Wär-satsche, Rooleks, Bulgahri, Ärmäss, Schannäll und Kartjeh. Und im Eingang steht immer ein Mann, der aufpasst, dass nur Leute reinkommen, die die goldene Bäro-Card haben. Wir kaufen zu Hause ja fast alles bei Kööp-Inn. Mussten wir nicht rein in diese Läden. Die Mädels sind nun auf dem Naschmarkt, klingt das nicht lecker? Ute bestellt Wiener Schnipsel aus echtem Kalbfleisch. Mama hat sich für den kalten Vorspeisenteller entschieden, weil die Bedienungsfrau meinte, der Warme wäre langweilig. Was soll Bär dazu sagen?

Albertina

Ihr merkt schon, erst essen, trinken, dann gibt es wieder Kultur. Ich immer nur rein in die Tasche, raus aus der Tasche. Egal, ich bin ja schon froh, dass ich überhaupt mit darf.
Guckt dankbar.

Nun wollen wir sehen, was Herr van Gogh gemalt hat. Der stellt seine Bilder freundlicherweise in der Albertina in Wien aus. Also müssen da alle Leute hin, um sich die anzugucken. Weil alle das Gleiche wollen, muss man sich in eine Warteschlange stellen. Ha! Das kenne ich aus meiner Bärengruppe. Da bilden wir oft Warteschlangen. Aber dann kocht immer einer Tee und es gibt kleine Snacks und Kekse. Zumindest für die Bären in unserer Gruppe, die ein Verdauungssystem haben. Es ist immer sehr gemütlich in unserer Warteschlange.

Aber ich plüsche ja völlig vom Thema ab! Also hier vor der Albertina muss man erst mal vor dem Fahrstuhl Schlange stehen. Damit geht es rauf, und dann geht die richtige Schlange erst los! Aha. Oben stehen wir dann in der Schlange, von der eigentlich keiner weiß, wohin die nun führt. Egal. Wir stehen nun mittlerweile in einem Warteschlangen-Zelt und warten geduldig. Die, die nicht mit dem Fahrstuhl fahren wollen, weil sie denken, damit sparen sie eine Schlange, werden vom Aufpasser wieder runter geschickt, zurück auf Anfang. Die finden das gar nicht komisch und sind ziemlich wütend.

Wir warten geduldig, aber immer wieder versuchen ganz Schlaue, sich außen vorbei zu schummeln. Nun machen Gerüchte die Runde, dass dies die Warteschlange für Wiener Schnipsel ist. Aber nein, wir rücken langsam vor, wie eine Pinguin-Kolonie und sehen am Horizont die Garderobe.

Aaaaah! Es ist die Schlange für die Garderobe! Also geben wir unsere Jacken ab, ich nicht! und stellen uns in die nächste Schlange zur Kasse. Ich darf mit rein und muss nichts bezahlen. Bären sind frei.

Bin ich aufgeregt! Ich darf die Bilder von Van Gogh angucken! Die kosten Bärollionen Bäros! Und was sehe ich? Gar nichts sehe ich! Weil nun alle Leute gleichzeitig durch die Räume mit den Bildern wuseln. Bär, ist das voll hier! Ist das warm! Ist das laut! Hätte Vincent, ich nenne ihn Vincent, hätte er geahnt, dass so viele Leute kommen, wegen seiner Bilder, hätte er sich sein Ohr bestimmt nicht abgeschnitten. Das hat Mama mir erklärt, das mit dem Ohr. Na ja, zu spät, ab ist ab, das Ohr.

Mama ist es zu voll hier, zu laut und zu warm. Kaum hat sie sich vor ein Bild gesetzt, um mal in Ruhe zu gucken, kommt eine Wuselgruppe und stellt sich davor. Auf kunstinteressierte Plüschbären nimmt sowieso keiner Rücksicht! Es werden immer mehr Leute. Es ist zum Ohrenabschneiden! Wir erreichen lebend das Ende der Ausstellung und schnappen erst mal frische Luft im Treppenhaus.

Wir entscheiden uns dafür, die Prunkräume in der Albertina zu besuchen, also die von den Kaisers, die wohnen ja überall! Und wir sind wieder geblendet! Alles voll prunkig. Ganz heimlich macht Mama Fotos von mir in dieser goldigen Umgebung. Sie meint, Gold passt prima zu meiner Fellfarbe und meinem Wintershirt.

Irgendwann fragt Mama dann scheinheilig mal so einen Aufpassermann, ob sie hier das Prunkige hier überhaupt fotografieren dürfe. Darf sie! Ob sie hier ihren Bären fotografieren darf, fragt sie nicht! Ha!

Nun sitze ich wesentlich entspannter in dieser schönen Umgebung. Wie für mich gemacht das Ganze. Ich mache auch nichts kaputt und fasse nix an. Ich bin ja ganz weich und plüschig und verschramme die Oberflächen nicht. Im Gegenteil, eigentlich habe ich sogar einen polierenden Effekt, für das ganze Gold. Nur, ob ich mich auf den zwei Meter hohen Keramikofen, alles voll vergoldet, fürs Foto hätte legen dürfen, da war ich mir nicht sicher. Die Besucher, die mich da oben entdecken, lächeln mir aber verschwörerisch zu, also scheint das wohl in Ordnung zu sein.

Mit den Prunkräumen sind wir durch. Hoffentlich werde ich mich zu Hause wieder eingewöhnen, in unserer einfachen Behausung. Den Besuch im Museumsshop sollten sich sensible Gemüter lieber ersparen. Diese Shops sind das Gruseligste, was sich ein kunstinteressierter Plüschbär vorstellen kann. Viele Postkarten und Bücher, das geht ja noch. Aber die herrlichen Bilder von dem Vincent auf glänzenden Plüschstoff, zu drucken und dann Teddys daraus zu machen, das geht über meinen Plüschverstand. In einer Vitrine sehe ich einen Van-Gogh-Bären von Steiff, mit Malerkittel für 198 Bäros. Er kann nicht raus und sieht traurig aus. Ich zwinkere ihm zu, halte durch Kumpel, alles wird gut. Mach bloß nichts mit deinen Plüschohren!

Rebecca

Ich war im Musical! Rebecca, heißt das Musical!

Also - Musical ist, wenn da eine Bühne ist. Und, wenn die Darsteller sich verkleiden. Und das Meiste, was sie sonst reden würden, singen sie. Klar? Also, Mama hat die Rebecca schon mal als Film gesehen. Und im Film haben die überhaupt nicht gesungen, nicht mal ein bisschen. Aber im Musical, werden die fürs Singen bezahlt und im Film eben nur fürs toll gucken.
Bevor es losgeht, muss bär aber wieder Schlange stehen, wegen der Karten. Denn ohne Karten geht nichts. Mama kauft die Karten für teure Bäros, um sie sich

gleich wieder vom nächstbesten Aufpassermann kaputt reißen zu lassen. Klingt merkwürdig. Ist aber so.

Dann gibt man seine Mäntel ab, auch für Geld, und ob man die jemals wieder bekommt ist fraglich. Nun muss jeder seinen Platz suchen. Wenn alle ihren Platz gefunden haben – und das kann dauern! geht das Licht aus und es wird einem ganz blümerant im Plüschbauch! Die Musik fängt an, richtige Menschen machen die Musik, bär kann die sehen, die sitzen ganz unten in einem Graben. Die Darsteller singen los, und wenn bär die Geschichte von der Rebecca kennt, kann er auch verstehen, was die singen.

„Rebecca" geht so: Eine junge Frau lernt einen Mann kennen, der heißt Maxim de Winter. So wie Bruce de(r) Held! Nur ohne „r" eben. Und der Maxim hatte schon mal eine Frau und die hieß Rebecca. Die ist aber irgendwie verschwunden, warum ist nicht so ganz klar. Nach zehn Minuten küssen sich die junge Frau und Maxim das erste Mal. Ich finde das ganz schön schnell, aber Mama sagt, das ist ja auch nicht wie im richtigen Leben.

Ist ja ein Musical. Aha. Ist klar.
Versucht sich das alles zu merken.

Nach weiteren zehn Minuten sind die Beiden verheiratet und nun geht es erst richtig los! Auf der Bühne sieht bär das tolle Haus von Maxim de Winter und die ganz schaurig-böse Hausdame. Die will nicht, dass der Hausherr eine neue Misses de Winter mitbringt. Und das singt sie auch ganz laut und das ist unglaublich beeindruckend für einen Bären wie mich! Mama kriegt Gänsehaut, ich nicht. Bei mir stellt sich aber der Nackenplüsch auf! Alle klatschen, als die Hausdame mit dem Singen fertig ist. Ich auch, aber das hört ja wieder keiner. Das alte Plüschbärenproblem.

Die neue Frau de Winter hat es echt schwer und tappt von Fettnapf zu Fettnapf. Sie weiß nicht, dass die bösige Hausdame die vorher alle so hingestellt hat, dass sie da reintappsen muss, also in die Näpfe. Mama kennt das mit den Fettnäpfen, passiert ihr auch öfter. Nur, dass wir keine Hausdame haben, die ihr die hinstellt. Nein, so eine braucht Mama nicht. Sie kann sich ihre Fettnäpfe selber hinstellen, sogar einen klappbaren Reisefettnapf hat sie immer dabei.

Oh, ich plüsche ab. Alle singen ganz viel und schön und das Bühnenbild passt immer wie von Zauberhand ganz herrlich dazu. Ich glaube, wenn ich groß bin, werde ich Bühnenbaubär. Zum Schluss wird alles gut, obwohl die Hausdame das ganze schöne Haus abfackelt, mit echtem Feuer! Nun singen noch mal alle und dann ist es vorbei. Es wird wie wild geklatscht und die Darsteller verbeugen sich auf der Bühne. Auch die Hausdame, obwohl die doch eben in den Flammen umgekommen war! *Grübelt.*

Ich frage nicht. Das wundert auch sonst keinen außer mir. Alle stehen auf und rufen „Bravo! Bravo!" Mama

steht auch auf und ist begeistert. Plötzlich kriege ich furchtbare Angst! Weil ich schon mal im Fernsehen gesehen habe, dass das Publikum Rosen und Geschenke auf die Bühne geworfen hat. Hoffentlich wirft sie mich nicht auf die Bühne!
Zittert.

Aber nein, sie packt mich wieder warm ein in ihre große Tasche und wir fahren nach Hause. In der U-Bahn singe ich ganz leise den Titelsong, „Rebecca".

Café Sacher

Ich bin im Café Sacher! Natürlich müssen wir mal wieder warten. Ist aber nur eine kurze Warteschlange. Weil wir nämlich „platziert" werden. Das bedeutet, wir warten im Eingang vor einer Drehtür, bis ein anderer im Café seinen Kaffee ausgetrunken hat. Endlich ist es soweit. Wir werden eingelassen in die Café-Sacher-Wunderwelt! Ich sitze natürlich tief in der Tasche, nur meine Plüschohren gucken raus. Wir wissen nicht, ob das hier auch für Bären ist.
Drinnen: Alles dunkelroter Plüsch, am Boden als Teppich, an den Wänden als Tapete, auf den Sofas, alles sehr kuschelig. Ich finde es toll - vollplüschig. Mama ist auch geblendet und ich trau mich nicht aus der Tasche.

Aber dann! Da kommt das Servierfräulein. Und in Wien gibt es noch Servierfräulein, oh ja! Die sieht mich, lächelt zu mir runter, ruft den Herrn Unterkellner und der lächelt mir auch zu! Ich lächel ein bisschen schüchtern zurück, will ja kein unnötiges Aufsehen erregen, *Lächelt schüchtern.*

Der Herr Unterkellner erzählt Mama die Geschichte von seiner Enkeltochter, die auch sehr viele Bären hat. Das ist das Signal! Nun darf ich hochoffiziell mit am Tisch sitzen. Tu ich auch hocherhobenen Plüschhauptes, ich bin nun auch ein Kaffesierer! So heißt das, wenn man im Café einen Kaffee trinkt.
Weiß Bescheid.

Die Mädels bestellen Sachertorte - meine Güte, wie originell! Und Kaffee, dazu gibt es ein Glas Wasser. Sie genießen den Luxus und beobachten heimlich die illustren Gäste. Mama meint, hier hätte sie gut ihren Hut aufsetzen können. Das wäre mal eine Gelegenheit gewesen! Auf der gegenüberliegenden Seite sitzt nämlich eine richtige Dame, die einen eleganten Hut trägt. Tja, denkt Mama, das ist bestimmt eine waschechte Wienerin. Irgendwann zahlt die Dame und verabschiedet sich im englischsten Englisch von ihrer Tischnachbarin. Beim Aufstehen hat sie viel von ihrer wienerischen Eleganz verloren. War mehr eine Sitzdame.
Am Nebentisch essen zwei Herrschaften echte Wie-

ner Schnipsel. Ein anderer bekommt etwas aus einer silbernen Schüssel kredenzt, die kenne ich noch aus der Silberkammer, die Schüssel! Das sieht sehr vornehm aus, das mit der Silberschüssel und dem Kredenzen, uhund! Was kommt aus der Schüssel?

Na?

Auf dem vornehmen Sacherteller mit dem Goldrand und dem Monogramm landet ein armes einsames Würstchen. Aber ein Wiener Würstchen! Der kleine Klecks Senf verleiht dem ganzen Ensemble auch nicht grade Üppigkeit. Mein Freund Brummi hätte sofort noch drei Dutzend von den edlen Dingern geordert, gell, Brummilein? Für das eine Würstchen hätte Brummi sechs Bäros zahlen müssen. Aber die Schüssel hätte er nicht mitnehmen dürfen, die Silberne!

Mama will sich nun zum Abschluss noch mal richtig etwas Edles gönnen und besucht die Sacher-Damentoilette. Nur mal um zu sehen, ob da auch alles so plüschig ist. Ich darf mit, aber ich sitze peinlichst berührt auf dem Grund ihrer Tasche. Die Toilette ist zwar sehr vornehm und plüschig, duftet aber sehr menschlich.
Hält sich die Nase zu.

Hier will sie auch noch ein Foto machen, wir beide im Sacher, im Damen-Klo! Sie schreckt wirklich vor nichts zurück. Aber irgendwie klickt die Kamera gar nicht, so wie sonst. Nachher merkt sie, dass sie aus Versehen ein Video gedreht hat. Ich sehe uns schon auf der

Bärlinale. Bester Kurzfilm: Bruci im Café-Sacher-Damen-Klo! Aber sie hat das Video gleich wieder gelöscht, na toll, dann werden wir eben nicht berühmt.

Zum Abschluss bestellen die Mädels sich noch einen kleinen Braunen. Ach, denke ich, nun bekomme ich einen kleinen Braunbären zum Spielen. Nee, da kommen so kleine mickrige Kaffees. Mir wird es nun ziemlich langweilig hier im Sacher.

Gähnt vornehm diskret.

Das Ganze kostet zusammen dann mal so eben 25 Bäros. Und die Garderobenfrau kriegt auch noch mal extra Bäros, sonst würde sie die Mäntel wahrscheinlich nicht wieder hergeben. Na toll. Gut, dass ich mein Shirt angelassen hatte. Dafür gab es dann aber noch ein „Küss`-die Hand" als Zugabe. Ich glaube, ab 25 Bäros gibt es die Handküsse immer umsonst dazu.

Bei der anschließenden Stadtrundfahrt mit der Tram habe ich dann einen eigenen Sitz bekommen.

Sogar einen Kopfhörer! Leider höre ich die japanische Version und verstehe nicht ein einziges Wort.

Egal. Ich war dabei! Ich war in Wiehien!

Wohin die nächste Reise geht? Keine Ahnung. Aber ich fahr mit! Auf jeden Fall!

Ich in der Abendsonne - und mein Freund Blanco!

Plüschseele und Drahtseilnerven

Das Buch

Bruce, Held der Geschichte, wurde in China genäht. Seine Erinnerungen an diesen Tag in der Näherei verblassen bereits. Genau wie sein Fell, das durchs Waschen auch schon viel von seinem jugendlichen Glanz verloren hat.

Er erzählt von der beschwerlichen Reise im Containerschiff nach Hamburg. Die Trennung von seinen Brüdern dort, ist ein traumatisches Erlebnis. In seinem neuen Zuhause erwarten ihn jedoch schon vier der verloren Geglaubten. Bruci arbeitet hart an der Verwirklichung seines Planes, alle Bärenbrüder zu finden und im Hause unterzubringen. Soweit hart arbeiten, mit einer weichen Plüschseele, eben möglich ist.

Als Reisebegleitbär ist er überall dabei. Manchmal, aus Rücksicht auf Menschen ohne Bärenverständnis, auch undercover. Und immer macht er sich seine ganz eigenen Gedanken.

Den Auftrag seiner Näherin, alle Plüschbrüder wieder zu finden, verliert er dabei nie aus den Knopfaugen.

Bei Fertigstellung dieses Buches sind sie schon zu siebt. Aber davon mehr im nächsten Buch.

Prolog

Bru-Ci, flüsterte die kleine chinesische Näherin dem braunen Plüschbären ins Ohr. Ich nenne dich Bru-Ci, das bedeutet, Bär, dem alle Herzen zufliegen!

Chin-Lou war vierzehn Jahre alt und hatte seit ein paar Tagen Arbeit in der Nähfabrik. An alten Stoffstücken musste sie dem Aufseher zeigen, dass sie nähen konnte. Sie war sehr geschickt und er war zufrieden mit ihr. Heute durfte sie die zugeschnittenen Bären-Teile zusammennähen und mit Wolle und Granulat füllen. Sie setzte ihrem ersten genähten Bären die Augen ein und konnte sich das Lachen nicht verkneifen.

Der ist ja wirklich gelungen, dachte sie. Schade, dass ich mich schon wieder von ihm trennen muss. Der Aufseher sah ungeduldig herüber. Seufzend setzte sie den Bären in die Kiste, die neben ihr stand. Abends war diese gefüllt mit vierundzwanzig Bären. Aber sie hatte Bru-Ci den ganzen Tag über nicht aus den Augen veroren. Bevor sie nach Hause ging, nahm sie ihn schnell noch einmal in den Arm, küsste und herzte ihn.

Ach Bru-Ci, flüsterte sie, jetzt geht ihr bald verpackt auf eine weite Reise. Du und deine Brüder, ihr werdet euch wohl nie wiedersehen, denn ihr sollt verkauft werden.

Bru-Ci, versprich mir, dass du versuchen wirst, alle Bären-Brüder wieder zusammen zu bringen, ja? Denn nichts ist schlimmer, als seine Familie zu verlieren!

Chin-Lou hatte Tränen in den Augen. Sie gab ihm einen Kuss auf die große Nase, und setzte in wieder in die Kiste, die gleich für die Verschiffung nach Übersee abgeholt werden würde.

Im Container (auf hoher See)

Ganz schön eng hier.
Nun drängel doch nicht so!
Ist mir warm!
Zieh doch deine Fellhosen aus!
Sehr witzig.
Ist so dunkel hier.
Ich fürchte mich.
Hab keine Angst. Wir sind bald da.
Wo denn?
Keine Ahnung.
Was wird aus uns?
Ich will zurück!!
Keiner hat uns was gesagt!
Genau, uns sagt ja immer keiner was.
Jungs, Ruhe bewahren, immer ruhig Plüsch.
Wann sind wir denn da?
Ist es noch weit?
Wie lange sind wir schon unterwegs?
Zwanzig Tage, glaub ich.
Ich fürchte mich!
Komm, kuschel dich an mich.
Wir bleiben immer zusammen, ja?
Klar, versprochen!

Die Reise

Bär sieht die Tatze vor Augen nicht!
Wir sitzen hier schon drei Wochen zusammen in dieser
Kiste und wissen nicht wo es hingeht. Chin-Lou konnte
ich auch nicht mehr fragen, ging alles viel zu schnell bei
der Abreise. Als ich fertig genäht und gefüllt war, hat
sie mich noch einmal ganz lieb angelächelt. Ich war ihr
allererster Bär!
Seufzt.

Einen ganzen Tag lang konnte ich ihr beim Arbeiten
zusehen. Immer schneller nähte sie und immer mehr
Brüder hat sie zu mir in die Kiste gesetzt. Zuerst kam
Bru-No, dann Jo, dann Chu-Lio, dann Car-Lo, Ma-Rius,
Be-Ni-To, Frie-de-Mann, Phin-Ni, Gü-Stav, Ted-Di, Lou-
Is, Hen-Ri, Brumm, nachher konnte ich mir die Namen
gar nicht mehr alle in meinem Plüschkopf merken!
Wir fanden es ganz kuschelig in unserer Kiste neben
der Nähmaschine. Es wurde zwar immer enger, aber
das macht einem richtigen Bären nichts aus. Ist ja unsere Lebensaufgabe: Kuscheln.
Abends wurden wir in die Lagerhalle gebracht. Da sa-
ßen mindestens vierhundertdrölfundzwanzigbärolionen[2]
andere Bären, die alle auf die Abreise ins Ungewisse
warteten. Alle sahen aus wie wir, nur völlig anders.

---

2 Mengenangaben sind bei Bruci eher symbolisch zu verstehen.

Manche hatten unterschiedlich große Ohren, enger zusammen stehende Augen, einige hatten ein schiefes Lächeln, manche waren etwas dicker, andere etwas größer. Es war ein ziemliches Gebrummel in der riesigen Lagerhalle. Keiner wusste, was nun mit uns nun passieren würde.

Chin-Lou hatte mir noch schnell zuflüstern können, dass wir nach Deutschland kämen. Dort würden viele Kinder auf uns warten, um mit uns zu spielen.

Aha. Also Kinder. Was sind Kinder? Sind die auch aus Plüsch und haben große Nasen? Brummen die? Haben die auch solche Waschzettel wie wir, ganz hinten am Rücken? Fragen über Fragen.

Das Gerücht brummelt durch den Container, dass wir gleich da sein würden. Also Jungs, rappelt euch auf, das Abenteuer beginnt, unser neues Leben mit den Kindern! Was auch immer das bedeuten mag.

Es rumpelt und scheppert, und wenn wir nicht so dicht gedrängt sitzen würden, wären wir alle durcheinander gewirbelt worden. Sie bringen uns von Bord des Containerschiffes und wir landen wieder in einer Lagerhalle.

Ist ja wie in China, nur das ist nun Hamburg! Nicht, dass sie uns in eine Näherei bringen und die uns alle wieder auftrennen müssen? Weiß bär ja nicht. Uns sagt ja keiner was. Nie.
Gruselt sich etwas.

Da, es wird heller! Zollbeamte prüfen, ob wir auch wirklich Plüschbären sind, und nicht etwa Waffen zwischen uns versteckt haben, oder Drogen verschluckt. Keiner von uns hat einen Ausweis dabei, macht aber nichts. Wir sind ordentlich bestellte Bären von Tchibo, steht alles auf unserem Lieferschein.

Ich schaue dem Beamten direkt in die Augen. Und, er lächelt! Genau wie Chin-Lou es vorausgesagt hatte! Er streichelt mir über mein glänzendes Fell und überlegt sich wahrscheinlich, ob er mich als „Musterbär" mit nach Hause nehmen sollte. Ha! Aber ohne mich! Nein!!

Ich klammere mich an meinen Brüdern fest und brumme ihn gefährlich an! Er geht weiter, das wäre geschafft. Meine Drahtseilnerven halten das aus, oh ja! Klar, Kumpels, ich bleibe bei euch.
Ich - Bruci der Held!

Aber was ist nun wieder los? Hilfe! Sie trennen uns! Nein, nicht, nein! Neihein! Ihr dürft uns nicht auseinander reißen, neihein!

Ich sitze völlig verstört im Lieferwagen. Klar, da sind andere Bären, aber die kenne ich nicht! Die sind doch von einer anderen Näherin!
Ich will zu meinen Brüdern!!
Schluchzt.

Ich glaube, ich bin gar kein Held.
Ich bin so traurig.
Weint.

Ein neues Zuhause

Ich habe den Verdacht, die Bären kommen gar nicht alle von Ibär![3]

Also, die Menschenbabys kommen von der Liebe. Das hat Antje mir neulich erklärt. Die hab ich gefragt, ob ich vielleicht eins von den Doppelbabys ihrer Freundin haben könne. Die hat nämlich zwei Stück, und da dachte ich, könnte ich ja eines davon abhaben.

Mmmh, aber Antje meinte, nee, das ginge nicht. Weil die Menschenmamas sind da ziemlich eigensinnig. Auch wenn sie Doppelbabys haben, würden sie niemals eins abgeben, und beide schon überhaupt nicht. Gut, musste ich so akzeptieren. Einen Versuch war es ja wert.
Dann habe ich nachgedacht, über Bären und Babys. Ist ja fast Winter, mit der Gartenarbeit bin ich fertig, und zum Laubharken ist es zu stürmisch draußen. Habe ich mich gemütlich in meine Wolldecke gekuschelt und nachgedacht.
Nach einer Stunde bin ich wieder aufgewacht. Chulio hat gesagt, ich hätte geschnarcht, der soll mal besser ganz still sein! Wenn der seine spanischen Schnulzen brummelt, sage ich ja auch nichts.

---

3 Bei Ibär handelt es sich um ein Internet-Auktionshaus.

So, nun hab ich den Plüschfaden verloren. Ach, da ist er wieder.

Wegen der Babys und der Bären. Bisher war ich der Meinung, die Bären kommen alle von Ibär. Bis auf Bruno. Bruno ist aus dem Laden. Der saß mit vielen Brüdern im Regal. Unsere Mama hat er schon von weitem kommen sehen, sagte er. Die hatte nämlich keinen Zettel in der Hand. Und das ist gut, wenn bär ein Bär ist, der im Regal sitzt und gekauft werden will, sagt Bruno.

Die anderen Leute sind immer schnell an ihm vorbei gegangen, die mit den Zetteln. Klar, weil er nicht drauf stand, auf dem Zettel. Wie sollten die das denn auch wissen, dass sie dringend einen Plüschbären brauchen! Bruno erinnert sich, er hätte damals 7,99 Bäros[4] gekostet. Und manche seiner Regalkumpels hätten es nicht durch die Kasse geschafft. Weil es sich die Kundinnen kurz vorher anders überlegt, und die Bären wieder irgendwo zwischen die Dosensuppen oder neben das Klopapier gelegt haben.

Erst Tage später wurden sie dann beim Aufräumen gefunden, die Bären, und wieder ins Regal zu den anderen gebracht. Die Zurückgebrachten standen noch lange unter Schock und werden viele Stunden plüschologischer Behandlung brauchen, um über das Trauma hinweg zu kommen.

---

4 Ein Bäro entspricht ungefähr einem Euro, kleine Wechselkursschwankungen möglich..

Bruno hat bis zur Kasse die Luft angehalten, als Mama ihn mitgenommen hat. Seine Plüschseele hat richtig vibriert! Aber er hat es geschafft.

Bruno fand es hier ziemlich langweilig, als er noch alleinsitzender Bär im Hause war. Im Winter durfte er dann zum ersten Mal mit auf einen Weihnachtsmarkt. Und, wie er noch so denkt, was soll ich hier, an dem Stand mit den Puppenkleidern, ist doch nur Mädchenkram, da hat er auch schon eine Weste an.

Nun wird probiert und beraten, dass ihm die Fusseln um die Plüschohren fliegen. Rein in die Weste, raus aus der Weste! Was ist denn nun los?

Plötzlich wollen ihn alle mal anfassen und knuddeln. Es ist sein erster öffentlicher Auftritt und er weiß gar nicht wie ihm geschieht. Alle finden ihn „süß"!

Wie? Süß?

Er ist ein Bär, ein ernstzunehmender Braunbär! Zum ersten Mal macht er sich Gedanken über die Beziehung zwischen Mensch und Bär, und seine eigentliche Bestimmung auf dieser Welt.

Aber irgendwie gefällt ihm auch die Aufmerksamkeit. Und die Weste steht ihm, er sieht richtig männlich aus. Sie passt zu seinem Fell. Er sei nämlich ein „Herbsttyp", haben die Frauen auf der Ausstellung gesagt.

Aha. Ein Herbsttyp.

Und deswegen könne er so gut die warmen Herbstfarben tragen. Bruno lernt schnell. Sein Papa grinst nur, als Bruno mit der Weste nach Hause kommt. Weil es anfangs hieß, also, das mit dem Bären wird aber nicht ausufern, auf gar keinen Fall werden wir Bären sammeln, oder denen auch noch was zum Anziehen kaufen, oder Zubehör! Oh nein!

Bruno grinst, aber nur ganz wenig. Sieht bär nur, wenn er ganz genau hinguckt. Wenn keiner da ist, läuft Bruno schnell zum Spiegel, dreht und wendet sich, und findet sich richtig toll mit seiner neuen Weste.

Er hat uns dann bei Ibär gesehen und so traurig geguckt, dass Mama eingesehen hat: ein Bär ist kein Bär. So kam erst Jo, und dann ich! Wir haben dann so lange gemeckert, bis wir noch Chulio und Örli ersteigern durften. Vorab müssen wir nun erst mal eine Pause machen, damit Mama wieder Geld verdienen kann, für neue Bären.

Kichert.

Also, noch mal für euch zum Mitschreiben, Bruno ist aus dem Regal, und wir anderen sind von Ibär. Aber dann gibt es auch Bären, die nicht aus einem Regal sind, und auch nicht von Ibär. Ich habe da nämlich ein Buch gefunden.

Senkt die Stimme.

Ein Aufklärungsbuch mit Bildern drin! Da wird gezeigt, wie ein Bär gemacht wird. Zuerst muss man Plüschstoff kaufen, dann sorgfältig ausschneiden, alles ordentlich zusammennähen, mit Zauberwatte füllen, wieder dicht machen, fertig! Ich weiß nicht, das kann doch nicht alles sein? Die haben doch keine Plüschseele! Und wo kommen die Drahtseilnerven rein? Na? Da stand nämlich nichts von drin! Fragen über Fragen!

Vielfliegbär

Na toll.

Dafür hat sie gestern stundenlang online-geboardet. Ja, liebe Rechtschreibprüfung, ich weiß auch nicht, was das ist, geboardet. Aber sie war sehr stolz, als sie ihren Sitzplatz im Flieger nach Mainz durch Anklicken auf irgendwas gebucht hatte!

Am Flughafen stellt sich dann heraus, dass zwei Flüge zusammengelegt werden müssen. Ihren gebuchten Sitzplatz ganz vorne, kann sie also vergessen. Und schon kriegt sie wieder feuchte Hände im Flieger, das spüren meine sensiblen Plüschsensoren sofort. 100 % Hautfeuchtigkeit. Gut, dass ich so saugfähig bin, und bei 30 Grad waschbar, aber nicht zu oft! Sonst leidet mein Fellglanz. Und so lustig ist es in der Waschmaschine auch nicht.

Nur ruhig Plüsch, Mama, wir zwei schaffen das schon. Ich habe doch meine Drahtseilnerven drin!

Und ich bin ein Vielfliegbär! Im vorletzten Herbst war ich schon auf Mallorca, und nach Wien durfte ich auch mit. Beim Packen hatte sie schon wieder diesen „Soll-ich-ihn-wirklich-mitnehmen?-Blick".

Sie hat dann noch mal alles umgepackt, in eine größere Tasche, damit ich mit kann.

Uhund! Die freundliche Brötchenverkäuferin am Flughafen hat mich gefragt, ob ich auch was möchte. Oh ja! Mich gefragt! Mich!

Mama nimmt wieder einen Schokokroassong. Nimmt sie immer bei Stress,
Kichert.

Aber dann! Beim „Durchdieröntgenkontrollefahren" hat der Aufpassmann zu mir: Bruno, gesagt! Ganz schön dicht dran an der Wahrheit.
Staunt.

Diese Aufpassmänner werden immer besser. Schön, wenn bär auch mal ernst genommen wird. Ich glaube wir sitzen im richtigen Flugzeug. War blöd, das mit der Flugänderung, aber mich kann so was nicht erschüttern.
Guckt cool.

Wenigstens sitzen wir am Gang, wegen ihrer Panik ist das besser so. Sonst wird ihr nämlich ganz blümerant, oder wie das heißt, wenn es eng ist im Flieger, oder im Fahrstuhl, oder überhaupt. Neben uns sitzen weinende Babys. Mal sehen, ob ich da später plüschig rüber grinsen kann, um sie zu belustigen.

Vor dem Abflug im Flughafen, hat Pär zwei mitwartenden Geschäftsleuten meine Autogrammkarte geschenkt. Wo was über mein erstes Buch drauf steht. Sie fand das voll peinlich. Aber Pär meinte, ach Mutter, die siehst du doch nie wieder, die Beiden.

Klar, dass die beiden Männer beim Einsteigen direkt vor uns stehen. Aber schön, dass Pär so stolz auf mich und seine Schriftstellmama ist. Obwohl ja eigentlich ich der Schriftstellbär bin, sie schreibt das ja nur auf, weil ich das nicht so gut kann, mit meinen Tatzen.

Sie schreibt auch gerade schon wieder, weil wir immer noch mit dem Flieger am Boden stehen. Das macht sie voll nervös, das Warten. Wenn es nicht gleich los geht, ist entweder die Mine leer oder die Kladde voll. Oder sie nehmen ihr den Kugelschreiber ab, weil sie aus der Mine eine Bombe bauen könnte. Oder damit den Piloten erstechen. Oder erwürgen? Piloten? Es gibt doch einen Piloten, oder? Ich darf nicht nachgucken. Ich soll ganz still sitzen und nicht auffallen. Und nicht fusseln, wegen der Elektronik.
Atmet zu schnell.

Endlich sind wir in der Luft. Sie kriegt ein Getränk, ich keins. Blöde Saftschupserin - hat mich ignoriert! Passiert schon mal, vielleicht sollte ich mich beschweren. Wegen Diskriminierung. Aber schon sind wir wieder unten.

Auf das Gepäck müssen wir ganz lange warten. Weil das aus dem Flugzeugbauch kommt. Aber schön, wenn es dann endlich wieder auf dem Laufband erscheint. Die Menschen regt das sehr auf, das mit dem Gepäck. Blöd ist auch, wenn alle schwarze Koffer haben. Dann stürzen sich immer alle gleichzeitig auf den ersten schwarzen Koffer. Finde ich lustig. Ich habe ja nur Tatzengepäck.

In Mainz besuchen wir John. Mal sehen, ob er mich noch erkennt. Bin ja etwas gewachsen in letzter Zeit. Glaube ich. Mama glaubt es nicht. Egal.

Hallo!! Joohon!! Hihier!!!!

Ach herrlich, wenn bär am Flughafen abgeholt wird. Ich komme mir dann immer so wichtig vor. Bruci, der Vielfliegbär!

Schlaubär

Ich darf mit in die Fachhochschule für Informatik! In Johns Schule![5] Zuerst bleibe ich in der Tasche. Dann, als keiner guckt, darf ich an einem der vielen Computer sitzen. Aber nichts anfassen! Das alte Lied. Und nicht fusseln. Ich weiß , wegen der Elektronik.

Gerade jetzt kommt ein Professor herein, ein richtiger Professor! Aber ich habe ihn nicht gesehen, nur gehört, weil ich schon wieder in die Tasche zurück musste, also Plüschohren eingezogen. Nicht geatmet.

---

5 Hochschule RheinMain University of Applied SciencesWiesbaden Geisenheim Rüsselsheim. Soll ich erwähnen, vielleicht sponsern die mich.

Hält die Luft an.

Der Professor stellt sich bei Mama vor und fragt sie, ob er ihr was erklären solle, bei den Computern. Oder zeigen. Ach nö, aber schönen Dank, Herr Professor, ich wollte nur mal sehen, wo mein Sohn studiert. Sie sagt nicht, dass sie eigentlich nur Fotos von mir machen will, für mein neues Buch. Sie will ihn nicht unnötig verwirren. Professoren für Informatik verstehen meist nichts von mittelbraunen Plüschbären. Glaube ich. Ich bin ja aus einem anderen Fachgebiet: Plüschologie.

War voll⁶ spannend bei den Studenten! Die haben einen Bastelraum, mit ganz vielen Technikteilen, Kabeln, Lötkolben, Schrauben und so. Bloß nichts anfassen, Bruci, nicht mal aus Versehen! Ja, ja, schon gut. Dann entdeckt meine mittelalte Mama so ein Teil wo sie selber vor gefühlten dreihundert Jahren, dran gearbeitet hat. So eine Datenverarbeitungsmaschine. Die hat damals noch richtig Krach gemacht beim Arbeiten, die Maschine, damals, vor dreihundert Jahren. Nun steht dieses Teil hier in der Museumsabteilung der Fachhochschule. Ich lache mich kaputt, ganz leise natürlich.

So, nun Ruhe bitte - ich bin in einer Vorlesung.
Hält wieder die Luft an. Klappt schon immer länger.

Vorne steht einer, der erklärt ganz schwierige Sachen. Ich höre ja nur zu. Aber die Studenten wollen

---

6 So sprechen junge Leute!

etwas wissen und verstehen, wegen der nächsten Klausur, ist ganz wichtig für die. Also erklärt der Herr Vorleser denen heute noch mal alles von vorne. Also er steht vorne, und erklärt noch mal alles, ist klar, oder? Wenn nicht, immer fragen. Hier meine Notizen, ich konnte gar nicht so schnell mitschreiben:

Paralellprojektion, aha –
$Y - Z = 0$, is klar
Ypsilonkoordinate
X-Achse
ich merke mir alles.
Schwitzt.

    Projektionsachse, hatten wir die nicht schon? Ach ne, das hieß anders. Es erscheinen verwirrte, blasse, ungebügelte Nachzügler-Studenten. Oh, bloß nicht ablenken lassen, geht schon weiter. Jetzt spricht er von Projektionsstrahlen. Wenn die mal nicht schädlich sind. Mmh, ich weiß nicht mal, in welchem Thema ich hier bin. Der Herr Vorleser nennt den Vektor: VAU, na toll, kann er ja machen wie er will. Er fragt die Studenten, was meinen Sie, wie komme ich darauf, dass, bla bla blab blub?
    Er scheint es selber nicht zu wissen. Super, und woher sollen das dann die armen, ungebügelten Studenten wissen?? Tja, und ich kann ihm da schon gar nicht helfen. Ich kenne ja noch nicht mal das Thema!
Verzweifelt.

Er malt Buchstaben und Pfeile an die Tafel...da! John hat eine Antwort gegeben, und – die stimmt!

Ha! Klasse, John! Ich würde gerne klatschen, aber wäre ja blöd, wenn ausgerechnet heute mein Klatschen Geräusche machen würde. Nun schreibt der Vorleser was mit Matrix an die Tafel, mit ganz vielen Nullen. Ist das alles schwierig! Es geht um eine Projektionsebene, ich blättere in meinen Notizen, hatten wir die nicht eben schon? Ich hätte noch keine einzige Frage beantworten können, von dem Vorleser. Keine einzige!

Und eigentlich liest der auch gar nicht vor, der scheint das alles im Kopf zu haben.
Ist sehr beeindruckt.

Befehl für die perspektivische Projektion, sagt er. Aha, zu Befehl Herr Vorleser! Und immer kommt null raus, na toll, immer null und eins. Das ist ja leicht, das kann Chulio ja schon! Und der Betrachter steht auf der X-Achse, ach? Nun wechselt der Betrachter auf die negative Z-Achse.
Guckt sich suchend um.

Ich sehe hier keine Betrachter, nur die Ungebügelten. Ich glaube, das ist alles nur symbolisch gemeint, muss ich John nachher fragen. So, wie kriege ich nun diesen undurchsichtigen Betrachter dazu, in die negative Z-Achse zu wechseln? Häääääh? Ich so: häääääh?

Der Herr Vorleser spricht plötzlich von Minus- Phi und Tetta. Was ist dennn das? Sind das Bären? Unbedingt merken, schöne Bärennamen.
Notiert sich das.

Der Vorleser rechnet nur mit Zahlen von null bis drei, ist einfach, das kann ich auch! Na ja, immer alles irgendwie mit Matrix. Boah, nun kommen auch noch verbotene Ebenen ins Spiel! Da ducke ich mich doch lieber wieder tief in meine Tasche, verbotene Ebenen. Der wird mich doch nicht entdeckt haben?
Zittert.

- der Lokalste aller Knoten
- Dschillpuschmatrix for translation

Na, nun wird er aber albern, der Herr Dozent, und denkt sich einfach irgendwelche Worte aus. Der Vorleseraum ist eisgekühlt, draußen vor der Tür sind zweiunddreißig Grad Hitze. Nach einer Stunde sind die ersten Studenten in Gefrierstarre gefallen. Haben ja alle nur ungebügelte T-Shirts an. Bin ich froh, dass ich mein Fell habe! Der Herr Vorleser versucht mit der Fernbedienung die Kühle zu regulieren, was ihm aber nicht gelingt. Tja, mit den verbotenen Ebenen und diesen merkwürdigen Achsen-Betrachtern kannte er sich viel besser aus. So alltagstauglich wie ich scheint der mir nicht zu sein.

Mittlerweile hab ich das Thema verstanden. Es geht um die graphische Darstellung von irgendwas, aha. Die Studenten sollen einen Szenegrafen zeichnen. Ach, haben wir nun Malen?
Schon wieder verwirrt.

Einen Szenegrafen. Das wird ja ein toller Typ sein! Aus dem Wiesbadener Untergrund, oder wie? Also, ich finde ja, das gehört nun aber wirklich nicht hierher. Nun kommt das Thema Knotenwerte. Na klar, kenne ich!
Meldet sich. Schnipst.

Habe ich auch manchmal, wenn mein Fell so filzig ist. Na, endlich mal was Praktisches, was bär auch im richtigen Leben gebrauchen kann! Kuh vom Eis? Ach ne, so ein Punktevektor, Kuh von eins soll das heißen, Kuh von zwei und so, das verstehe ich nicht, muss ich auch John fragen nachher, was das mit der Kuh bedeutet. Ich kenne zwar eine Plüschkuh, die heißt Benila und wohnt in Düsseldorf. Ist aber nur platonisch unsere Freundschaft. So, nun hat er die Klimaanlage ganz kaputt gemacht, der Herr Vorleser. Es wird sehr warm hier.
Schwitzt.

Wie damals im Container, als wir aus China kamen. Ich muss unbedingt dran denken, weiter nach meinen verlorenen Brüdern zu forschen.

Macht sich Notizen.

Oh, lecker, der Vorleser spricht von Baiser Kurven. Mama freut sich, ist aber auch wieder falsch, ist wieder was anderes gemeint, was Schwierigeres. Die Studenten sollen nun buchstabieren, von A bis L, und dann die Buchstaben zählen.

Das ist ja Grundschule! Und Punkte verbinden mit Strichen. Also ich weiß nicht, das können ja schon kleine Bären im Kindergarten. Klar, diese Punkte dürfen nicht aus den konvexen Hüllen fallen, na gut, da kann bär ja drauf aufpassen. Alle Studenten sind mittlerweile wieder aufgetaut, schütteln ihr dünnes Fell und gucken müdeschlau.
Tolle Vorlesung, Herr Dozent!
Trommelt mit den Plüschtatzen auf dem Tisch.

Ja, ihr habt Recht, man kann es wieder nicht hören, das Trommeln. Sehr gut aufgepasst, liebe Leser. Habe nun voll den Durchblick im Informatik-Thema. Zumindest kann ich mal ein paar Fachbegriffe irgendwo fallen lassen, so von dem Wiesbadener Szene-Grafen und den konvexen Fellknoten, ha!

Baltrum

Wir fahren nach Baltrum. Keine Ahnung wo das ist, aber egal. Hauptsache ich bin dabei.

Im Bus darf ich nicht raus aus der Tasche. Wie so oft. Weil Mama neben einem älteren Herren sitzt. Und sie denkt, der käme damit nicht klar, dass ein mittelbrauner, gutaussehender Bär sein Nachbar ist. Ich habe mal mit einem Knopfauge vorsichtig aus der Tasche geguckt. Ich finde, der sieht nicht so aus, als würde er gleich in Ohnmacht fallen, wenn er mich sieht. Der hat bestimmt schon Schlimmeres erlebt, als einen Plüschbären im Bus neben sich zu haben.

Nach zehn Minuten kennt meine Bärenmama seinen Familienstand: verwitwet; seinen Kontostand: wow; seinen Bildungshorizont: weit wie die norddeutsche Tiefebene; seine Wohnsituation und seine Reiseerlebnisse der letzten fünf Jahre: beeindruckend. Ein sehr angenehmer Reisebegleiter, genau wie ich, nur ohne Fell. Na ja, er ist ja auch schon älter.

Ich gucke heimlich aus dem Fenster. Nun hört das Land auf. Auf einmal, ganz plötzlich! Und ich sehe das Meer! Und das Schiff! Ist nur eine Fähre, sagt Mama. Aber ich werde wieder auf hoher See sein! Sie meint, dass ich wie so oft maßlos übertreibe, von „hoher See" könne nun wirklich nicht die Rede sein. Denn die Insel sei ja schon ganz nah am Horizont zu erkennen.

Hallo?

Ich bin erst fünf und sehe das Meer zum ersten Mal![7] Letztes Mal saß ich im Container! Mit den anderen Jungs. Sie hat mal wieder hat Recht. Nach zwanzig Minuten sind wir schon auf der Insel. War nicht so weit. Ich habe Menschen gesehen, die sich die Fahrkarte fürs Schiff nicht leisten konnten. Die sind zu Fuß durch den Schlick gelaufen, in Gruppen. Bestimmt weil sie allein Angst hatten.

Tja, ich hab freie Fahrt auf der Fähre. Es gibt keinen Bärentarif. An Bord, klingt gut, oder? an Bord gibt es sogar heiße Würstchen! Für alle, die sonst während der Überfahrt verhungern würden. Backbord, Wahnsinn, oder? also Backbord ist links, weil da kein „R" drin is. Steuerbord ist rechts, weil da ein „R" drin ist, klar? Backbord sieht bär Seehunde, sagt der Herr Lautsprecher. Ich sehe keine Seehunde, ich sehe nur Plüschrobben, egal. Alle Leute stehen begeistert an der Rehling und rufen, oh, Seehunde! So sind Menschen eben. Leute, das sind doch keine Seehunde! Hunde haben vier Beine und bellen. Das da sind Plüschrobben, ganz eindeutig.

Auf der Fähre bin ich nicht seekrank geworden. Keine Ahnung was seekrank ist, hätte aber passieren können. Habe ich gelesen, in der Apotheken-Umschau.

---

7   Anmerkung der Autorin: Ach Bruci, du warst doch schon am Mittelmeer!

Geht nicht, sagt Mama, weil ich kein Gleichgewichts-organ hätte in den Plüschohren. Und wo nichts ist kann bär auch nicht seebärkrank werden.

Aha. Gut zu wissen, falls ich mal Seefahrer-Bär wer-den will. Wir schlurfen nun durch den Sand. Mama hat einen Strandkorb für uns gemietet.

Strandkorb ist, wenn bär am Strand sein will, aber ein Dach über dem Plüschkopf braucht. Wegen dem Schatten für den Fellschutz. Ist anders als auf Mal-lorca. Also, ihr erinnert euch, auf Mallorca muss bär den Schatten kaufen, aber hier auf Baltrum kauft bär den Korb, da ist der Schatten schon drin. Darf bär aber nicht mit nach Hause nehmen, den Korb. Schatten sowieso nicht, geht auch gar nicht, der flutscht ja immer weg. Und Palmen sind hier auch nicht.
Schaut sich um.

Eigentlich ist hier nichts außer Sand, sehr viel Sand. Aber deshalb wollte sie ja hier hin, wegen dem Sand. Das muss bär ja auch nicht verstehen. Ich bewege mich kaum, damit ich nicht ganz aus Versehen sandig werde. Kriegste ja nie mehr aus dem Fell, das Zeug! Ihr ist nun auch wieder eingefallen, was sie am Strandurlaub im-mer so doof fand. Den Sand, das klebrige Salzwasser und das Ganze in Verbindung mit den klitzekleinen Ge-wittertierchen. Auf der Haut verkleben die sich mit ih-ren pupsiklitzekleinen Füßchen und der Sonnenmilch.

Na ja, da muss sie durch. Ist ja auch nur für einen Tag.

Menschen am Strand, sagt sie, da könnte bär ganze Büchereien mit füllen, mit den Geschichten, die hier passieren! Die Frau vor uns dreht ihren Strandkorb voll in die Sonne. Tolle Idee, die wird sich wundern heute Abend, wenn sie rot verbrannt ist. Ich verstehe das nicht, mit dem In-die-Sonne-gucken. Ich sitze lieber im Schatten, sonst bleicht ja mein Plüsch völlig aus! Ich darf nicht zu der Frau und ihr das sagen, dass ihr Plüsch ausbleichen könnte. Auf gar keinen Fall! Ich soll ganz still nur hier sitzen.

Ist mir langweilig,
Brummelt. Gähnt.

Aber zurück zu:
- Menschen am Strand
- Kindererziehung unter extrem sandigen Bedingungen
- Burgen bauen

Papa, wie baut man eine Burg?
Du machst das ganz falsch, Christine-Leonie!
Dann hilf mir doch, Papa!
Gleich, in fünf Minuten.
Sagst du immer!

Da darf ich auch nicht hin, zu Christine-Leonie, um ihr zu helfen. Gar nichts darf ich, voll langweilig hier!

Ein kleiner roter Käfer kommt angeflogen und landet auf meiner Nase! Mama sagt, der heißt Marien. Ich schiele ihn an, weil er ganz dicht vor meinen Knopfaugen sitzt, und ich sage, hi, Marien, alles klar bei dir? Er guckt mich nur an, sagt aber nichts. Ich zähle seine schwarzen Punkte. Bin ich schnell mit fertig. Fünf. Ich will ihn in meinen Koffer packen, für zu Hause. Darf ich auch nicht! Nichts darf ich. Irgendwann fliegt er weiter, auf der Suche nach einem Spielkameraden.

Mir ist furchtbar langweilig, ich will auch Burgen bauen! Aber ich habe kein Schippchen dabei, wie die meisten Kinder. Seeluft macht Kinder reizbar, sagt Mama. Ich bin nicht reizbar! Ich will ein Schippchen!! *Stampft auf.*

Äh, nun hab ich auch noch Sand in die Augen bekommen! Mama ist ganz zufrieden mit ihrem Strandkorb. Aber richtig drin liegen kann frau nicht. Und zu zweit mit einem verschwitzten Moppelmann, möchte sie da auch nicht drin sein. Dann doch schon lieber mit einem flauschigen, mittelbraunen, wechselwarmen, gut aussehenden Plüschbären.

So, endlich kommt Stimmung auf. Eine Familie hat ihren Strandkorb gefunden, weiheil! die muss man nämlich suchen und die haben Nummern, die Körbe. Nicht die Familien. Aber die Körbe stehen alle durcheinander am Strand und es gibt kein System. Zumindest kein erkennbares für Festlandbären.

Nun ist aber der Baltrumer-Strandkorb-Vermieter ein büschen durcheinander, denn er vergibt die Nummern für einen Korb mehrmals. Katastrophe – schlimmer als Sturmflut!

Ganze Familien ziehen von Korb zu Korb, mit klebrigen, motzigen Kindern und suchen. Dann gibt es auch noch die dauervermieteten Körbe, aber das ist noch viel komplizierter. Kann ich mir gar nicht alles merken.

Genervte Mütter kommen mit ihren seeluftgereizten Kindern vom Mittagessen zurück. Alle brüllen sich gegenseitig an. Ich bin ganz still und überdenke den Erholungswert von Sand, Salzwasser und Reizklima auf die Menschen. Vielleicht werde ich darüber später mal eine wissenschaftliche Arbeit schreiben.
Lehnt sich zurück und denkt nach. Chrr-chrr-chr.

Als ich wieder wach werde, suchen verwirrte, bleichrosa Opas nach ihren dazugehörigen ledrigverbrannten Omas. Die quirligen Enkelchen haben aber zumindest schon mal die Strandkörbe gefunden. Ziemlich viel Sucherei hier im Sand.

Mama hat auch was gefunden. Muscheln. Aha. Ist ja leicht, ist ja alles voller Muscheln hier! Sie packt sich den feinen Sand in eine Tüte. Zu Hause will sie daraus eine kleine Strandlandschaft nachbauen. So was machen Frauen, ihr fehlt nur noch so eine kleine Harke. Und mich schüttelt sie aus, damit ich bloß keinen Sand ins Haus schleppe!

Echt reizend, das Seeklima. Sehr doppeldeutig, habt ihr es gemerkt?

Aufgefallen ist mir, dass es auf Baltrum keine Bären gibt. Nirgends! Finde ich bedenklich. Und es gab auch kein Schild, dass Bären nicht erlaubt wären, oder so.

Auf dem Rückweg zur Fähre habe ich dann in einem Dinge-die-die-Welt-nicht-braucht-Laden, ein tolles Piratenhalstuch bekommen. Für mich! Ein Piratentuch! Ha! Wenn ich groß bin werde ich Pirat!
Übt gefährlich gucken.

Auf der Überfahrt zurück zum Festland gucke ich schon sehr seebärisch und winke kurz den Plüschrobben zu. Dann muss ich wieder in die Tasche. Nur wegen dem alten Herrn im Bus neben uns.
Seufzt.

Bärenbrüder

So geht der Sommer dahin.

Die Gartenarbeit fordert meinen ganzen Plüschmuskel-Einsatz. Es gibt immer was zu tun. Manchmal auch nicht. Den Löwenzahn soll ich nicht gießen! Aha. Woher soll ich denn das wissen? Ich finde den schön, sie nicht. Das wäre Unkraut. Ich sehe keinen Unterschied. Und das weiche Moos will sie auch nicht im Rasen haben.

Verstehe ich nicht. Von dem Moos ist doch noch viel mehr da, als vom Rasen. Frauen sind manchmal so unlogisch. Sie wollen immer das, was gerade nicht da ist.

Bei all der vielen Arbeit habe ich aber nie vergessen, was Chin-Lou mir gesagt hat, damals in China. Habe ich immer in meinem Plüschhinterkopf, dass ich nämlich einen Auftrag habe: Die Zusammenführung unserer Bärenbrüder-Familie!

Bruno hat mir Papier und einen Stift besorgt, und ich habe ihn aufgeschrieben, meinen Plan:

Brucis Plan! (in sehr großen Buchstaben)

1. Mama überzeugen, dass wir alle[8] Brüder finden müssen.
2. Wenn das nicht klappen sollte, aus Bäro- oder Platzmangel, andere Taktik überlegen.

Wir müssen erst mal abwarten. Sie darf nicht merken, dass wir die anderen vierhundertdrölfundzwanzigbärolionen Bären noch hier unterbringen müssen. Wird vielleicht eng, und wir rücken schon mal alle etwas zusammen. Und über die Kosten wollen wir noch gar nicht nachdenken. Könnte ja ein Problem werden. Aber kommt Zeit, kommt Bär, altes Bärensprichwort. Zuerst müssen wir sie davon überzeugen, dass Bären die bärfekten Mitbewohner sind. Und das sind wir!

---

8 Und wenn ich alle sage, dann meine ich alle!

Auch wenn wir in größeren Mengen auftreten. So in mehreren Bärolionen, zum Beispiel. Damit das so klappt, wie wir uns das vorstellen mit den Bärolionen, brauchen wir dringend Verhaltensregeln für Hausbären. Daran hat sich jeder Bär hier im Hause ab sofort zu halten.

Verhaltensregeln für Hausbären:

1) Wir brummeln nur manchmal und dann sehr leise vor uns hin, damit wir sie nicht beim Fernsehen stören.
Das ist leicht umzusetzen. Wir sind vom Typ her sowieso alle still und bescheiden. Manche mehr, andere weniger.
2) Wir kritisieren niemals ihr gewähltes Fernsehprogramm, so schlimm wir es auch finden.
Das ist schon schwieriger. Unsere Bärenmutter hat ein Prinzip, so nennt sie das, und das geht so:

Sobald einer im Fernseher mit einer Waffe erscheint, umschalten. Wenn einer dumm rumlabert, umschalten. Wenn einer mit einem Panzer durch die Gegend donnert, umschalten. Wenn Männer sich über Politik unterhalten, umschalten. Wenn einer den Raab erschlagen soll, umschalten. Wenn Werbung ist, umschalten. Wenn außerirdische Monster die Weltherrschaft an sich reißen wollen, umschalten. Wenn die in den Nachrichten mit der Kamera in die Blutpfützen reinzoomen, umschalten. Wenn Sport kommt, umschalten.

Also, was bleibt? Genau. Nur noch Liebesfilme, aber da auch nicht alle. Oder Sendungen, wo Frauen was aus ihrem Leben erzählen. Oder Lindenstraße. Ihr seht, wir machen hier Einiges mit, für die Rettung aller Tchibo-Brüder!
Vierfaches Stöhnen.

3) Wir sagen ihr immer, wo sie die Fernbedienung hinglegt hat. Bei Bedarf versuchen wir auch die Batterien zu erneuern.

Das ist leicht, weil sie ziemlich ordentlich ist. Nur manchmal, wenn sie beim Bügeln fernsieht, dann liegt der Knipser woanders. Aber wir finden den schon. Batterien auswechseln hatten wir noch nicht, meist drückt sie dann erst mal doller drauf, dann klappt das noch ein bisschen mit der Batterie. Nee, war nur Spaß. Doller draufdrücken bringt gar nichts Ich habe es probiert. Geht nicht.

4) Wir loben die Fotos, die sie von uns macht, auch wenn wir darauf nicht immer vorteilhaft aussehen.
Das ist schon ziemlich anstrengend. Sie setzt uns in den Baum, im Winter! Bei minus fünf Grad! Nackich! Nur mit Schal! Klar, wir hatten damals nur einen Schal, es war die schlechte Zeit, wo sie noch dieses puristische Bärenbild von uns im Kopf hatte. So nach dem Motto: Ein Bär ist ein Bär, der braucht nichts zum

Anziehen. Aber dann hatte sie doch Mitleid und ich bekam das Wintershirt. Das war schon hart, damals.

Oder dann, wir alle im Garten, im Frühling, zwischen den Blumen! Wo Jo doch so allergisch auf Pollen reagiert, mit seiner empfindlichen Nase!

Oder bei der sengenden Hitze, letzten Sommer! Alle durften drinnen die Fußball-WM gucken. Wir nicht! Wir mussten draußen so tun, als ob wir selber Fußball spielen würden, nur fürs Foto!

Ha! Hat uns da einer gefragt, ob wir das lustig finden? Nein, keiner, waren ja alle drinnen zum Fußball-Gucken.

Und dann dieses ständige Posen! Nun zeige mal mehr Ausdruck, Bruci! Gib Gas! Zeig alle Seiten deiner Bärsönlichkeit. Mache dies, mache das, Bruno, gehe mal etwas mehr aus dir raus.[9]

Toll. Wie kommen wir denn raus aus den Fellhosen, bei fünfunddreißig Grad im Schatten? Schwamm drüber. Es geht um das große Ganze, also haben wir mitgemacht bei den Fotos. Was blieb uns anderes übrig.

5) Wir freuen uns über kleine Geschenke, wie die Kleiderbügel, den Rucksack, die Schultasche, eine Weste, und noch eine Weste, und schauen sie dafür dankbar plüschig an.

Sie schenkt uns Kleiderbügel, Aber wo sollen wir die aufhängen, unsere Hemden?

---

9 Diese Zeit war hart, geprägt von den Germanys next-Topmodels! Nein, Bruci, heute habe ich leider kein Foto für dich, pah!

Haben wir einen Schrank? Wir kriegen einen Rucksack, klasse, wo bleibt dazu die Reise? Eine Schultasche, toll, echtes Leder, und? Wo ist die nächste Bärenschule? Sogar Tassen haben wir bekommen, sehr schöne, und? Haben wir ein Verdauungssystem, können wir daraus etwas trinken? Nein.

6) Wir ziehen auch Sachen an, von denen wir glauben, dass sie uns zu eng sind oder zu unmodern, oder farblich voll daneben. Auch wenn wir fast keine Luft mehr bekommen. Wir sind das eben nicht gewohnt mit Kleidung.

7) Wir fordern nicht dauernd neues Zubehör, und nerven sie nicht mit Wünschen, wie Akkubohrer, Fünf-Bär-Zelt, eine neue Golfausrüstung, Porsche, Designer-Sonnenbrillen usw. Ist klar. Wir sind ja sehr bescheiden. Kostet ja auch alles Bäros. Die sparen wir lieber für die neuen Bärenbrüder.

8) Wenn Besuch kommt, versuchen wir nicht aufzufallen und uns nicht in den Vordergrund zu spielen. Meistens müssen wir dann erst mal runter vom Sessel. Damit der Besuch sich da drauf setzen kann. Dann sitzen wir irgendwo in der Schrankwand oder auf der Erde blöde rum.

Die ganze Woche sind wir die lieben Plüschbären, aber dann werden wir abgeschoben. Bärenmutter meint, das wäre nur zu unserem Besten. Und wer uns sehen will, der sieht uns schon. Wir sehen sowieso alles!

9) Wir probieren nicht die Schuhe der Gäste an oder lachen uns über sie kaputt, über die Schuhe.

Und über die Gäste schon gar nicht. Manche Besuchsfrauen ziehen ihre Schuhe vorne beim Eingang aus. Klar, dass wir die mal, nur aus Spaß!, anprobiert haben. Und da gibt es echt Unterschiede bei den Schuhen! Unsere Mama hat am liebsten die Bequemen. Sie meint das Leben sei zu kurz um schmerzende Füße zu haben. Aber jetzt haben wir gesehen, dass es viel schönere Schuhe gibt als ihre. Und viel kleinere! Die passen uns! Aber wir dürfen die vom Besuch nicht probieren, wegen der Hügijene. Keine Ahnung was das ist. Wir haben ja so was nicht.

10) Wir lassen uns von kleinen Mädchen, die wir überhaupt nicht kennen, an einem Ohr durchs Zimmer tragen. Auch wenn es sehr weh tut. Kleine Menschen sind so, die meinen das nicht böse. Und weil ich ein Held bin, habe ich das ausgehalten. Ein kleines Menschenmädchen hat mich mal ganz doll geknuddelt und geküsst. Bis ich ganz nasses Fell hatte, Aber das hatte Chin-Lou mir ja auch schon angedeutet, damals.

11) Wir lassen uns von Säuglingen besabbern. Wir lassen uns von Hunden beschnuppern

12) Wir lassen uns von eingeladenen Erwachsenen ignorieren, weil wir wissen, dass die eigentlich nichts lieber täten, als mit uns zu knuddeln, ha! Manche Besuchs-Menschen nehmen uns gar nicht zur Kenntnis. Aber die tun nur so. Eigentlich würden sie schon gern mit uns kuscheln. Vor denen gruselt es uns irgendwie. Ich weiß Bescheid. Ich war mal Deko-Bär bei einem Aktientypen, bevor ich hierher kam. Immer, wenn bei dem die Aktien[10] im Keller waren, hat er mich geschnappt, und sich bei mir ausgeheult. Katastrophal für meinen Fellglanz! Dabei haben grade diese Aktientypen den größten Bärenbedarf, habe ich mal ausgerechnet.

Als ich hier noch neu war, und glänzendes Fell hatte, bin ich unten mal voll auf die Fliesen geknallt. Ich kam die Treppe runter gerannt und wollte in den Keller.

Bruci, wir haben doch gar keinen Keller! haben die anderen gerufen. Hinterher. Aber da lag ich schon auf der Nase.

Habe ich mir das Fell wieder zurecht geschüttelt und gegrinst.

Ach, keinen Keller? Na gut, dann kann hier ja auch mit den Aktien nix passieren.

13) Wir verstecken uns bei Gewitter nicht unter dem Tisch und zittern, sondern tragen unsre coolen „Ich-bin-ein-furchtloser-Bär-Masken". Das ist auch schwierig. Nicht, dass wir Angst hätten, nein, nicht wirklich.

---

10 Braucht ihr nicht, Aktien, machen nur Ärger!

Aber wenn es so knallt und blinkt, da werden wir schon etwas nervös. Ich ja nur ein bisschen, wegen meiner Drahtseilnerven. Aber da kann auch mal der Blitz einschlagen. Das habe ich mal in einer Erklärbärsendung im Fernsehen gesehen.

14) Beim Kochen gucken wir nur aus sicherer Entfernung zu, weil das besser ist. Für unser Fell. Und unsere Nerven. Die besten Sachen kocht sie merkwürdigerweise, wenn keiner kommt, dann gelingt ihr alles. Also, wenn ihr mal was Leckeres essen wollt, einfach vorbei kommen, bloß nicht vorher anmelden!

15) Wir finden Waffeleisen auch blöd, die nicht funktionieren.
    Örli, guck mal, ob sie nicht guckt. Nicht? Gut, also, das ist schon fast ein eigenes Kapitel. Aber ich versuche mich sehr kurz zu fassen. Sie isst ja nun sehr gerne Waffeln, so die Selbstgemachten aus dem Waffeleisen. Hat auch immer gut geklappt mit dem alten Waffeleisen. Bis sie sich Besuch eingeladen hat.
    Kommt sie Örli?
    Nein, sie ist im Garten.
    Gut, dann dauert es noch.

    Also, bevor der Besuch kommt, fängt sie schon mal mit dem Waffel backen an. Ist eine gute Idee. Teich[11]

---

11 Anmerkung der Verfasserin: Bruci verwechselt Teich und Teig.

rein ins Eisen, Deckel zu, warten. Wieder Deckel auf, rein gucken, Waffel klebt.

Hmm, blöd. Waffelteich raus kratzen. Alles schön sauber machen, wieder Teich rein, Deckel drauf, warten. Deckel auf, Waffel klebt, sehr böse werden, wütend alles raus kratzen. Dem Waffeleisen den Stecker raus ziehen, Kuchen kaufen fahren.

Der liebe Besuch kommt, es gibt Kuchen. Der Besuch sagt, zeige doch mal die Unglückswaffel! Ach was, die, schmeckt doch sehr lecker. Isst das raus gekratzte Zeug, lieber Besuch macht so was.

Geht noch weiter. Lieber Besuch ist weg. Bärenmutter kippt den restlichen Waffelteich in eine große Pfanne. Ist aber eine ganz schöne Menge. Wird lecker goldbraun, riecht prima. Stimmung steigt. Wir gucken ganz vorsichtig um die Ecke. Sehr vorsichtig.

So, Stimmung erreicht ihren Höhepunkt. Nun passierts, sie will die Riesenmonsterwaffel in der Pfanne wenden: Schwung holen, ausholen, Riesenmonsterwaffel fliegt in die Luft. Wir halten den Atem an. Riesenmonsterwaffel knallt runter, nicht ganz in die Pfanne, mehr so daneben, auf den Herd, am Herd herunter, und den Fußboden hat sie auch noch erreicht. Riesenmonsterwaffel eben. Schön goldbraun. Aber nur von einer Seite. Ziemlich klebrig von der anderen. Wir haben nichts abbekommen.[12]

---

12 Man achte hier auch die Doppeldeutigkeit von „nix abbekommen". Das betrifft sowohl unser Fell, als auch, dass wir nie etwas zu essen bekommen.

Wir ziehen uns geräuschlos zurück und setzen uns unter den Tisch im Wohnzimmer. Aus der Küche kommen böse Worte, die wir nicht kennen und die wir uns auch nicht merken wollen. Und wir wissen auch nicht, wie bär die schreibt. Das Waffeleisen scheint schuld zu sein, denn es muss das Haus verlassen. Wir kommen freundlich-plüschig aus unserem Versteck und helfen ihr diskret beim Öffnen der großen Mülltonne. Sie flucht vor sich hin und schwört, nie wieder Waffeln zu backen. Und, dass selbstgebackene Waffeln völlig übärbewertet seien, und so weiter. Wir haben nicht alles verstanden. Aber die ganze Aktion hat uns doch ziemlich erschreckt.

Nachtrag: Nach ein paar Wochen kommt ein neues Waffeleisen ins Hause. Und mit dem fertigen Teich aus der Schütteldose wird es auch nicht besser. Wir sagen dazu nichts mehr. Gar nichts.

16) Wir finden auch, dass Milchreis aus der Tüte genauso gut schmeckt, wie Selbstgekochter, obwohl wir das nicht wirklich beurteilen können. Bär kann den Milchreis bärosparend selber zubereiten, bär kann den aber auch zeitsparend aus der Tüte kochen. Ist für die Nerven besser, der aus der Tüte. Gerade für Bären, die nicht so Drahtseilnerven haben wie ich. Sie entscheidet sich für die geldsparende Variante. Ja, nimm bloß keine Rücksicht auf unsere weichen Plüschseelen!

Das klappt natürlich nicht so, wie sie sich das ge-dacht hat. Irgendwann klebt mal wieder alles, Topf und Herd und sie flucht leise vor sich hin. Das ist immer der Moment, wo wir uns unter den Tisch setzen. Ist besser für uns. Daher wissen wir nun auch nicht, wer denn jetzt Schuld war. Wahrscheinlich der Milchreis. Blöder Milchreis!

17) Wir finden es nicht langweilig, wenn sie ständig nur Käsekuchen backt.

Weil, der ist nämlich so idiotensicher, da kann frau gar nichts falsch machen. Na ja, manchmal kriegt er so Risse oben, oder wird etwas dunkel, aber sonst gelingt der immer. Wenn keiner kommt, kann sie auch Wind-beutel, Mandelhörnchen, Zitronentorte und Muffins. Aber nur, wenn keiner kommt. S.o.

18) Wir benutzen weder ihren Föhn, ihr teures Haar-shampoo noch ihr O-de-Tolett, nur wenn sie es uns auf-drängen würde. Und an ihre Schminksachen gehen wir sowieso nicht. Niemals. Nur, wenn wir überlegen, un-seren Typ mal ein wenig zu verändern, oder unser Fell glänzender zu machen. Als Chulio zu uns kam, wurde uns schmerzlich bewusst, wie stumpf unser Fell von der blöden Waschmaschine geworden war. Chulio ist voll flauschig! Er weiß das auch und ist sehr stolz auf seinen Glanz. Er wird ja auch geschont. Meistens darf ich aber

überall mit hin, weil ich schon am gebrauchtesten aussehe. Chulio ist so weich, wir kuscheln gern mit ihm. Nur wenn er dann mit seinen spanischen Schnulzen anfängt, ziehen wir uns zurück.

19) Wir meckern nicht oder rollen mit den Augen, wenn sie meint, wir müssten in die Waschmaschine. Anfangs sind wir alle drei in der Waschmaschine gewesen. Ist auch notwendig. Wir kommen ja von überall her. Nur Bruno nicht. Der ist ja frisch aus einem Regal gekommen. Ist schon ein echtes Abenteuer, das mit der Waschmaschine. Dann auch noch in den Trockner, aber danach sind wir fellmäßig nicht mehr dieselben. Auch das Aufbürsten bringt nur noch kurzfristigen Erfolg. Na egal, sind ja nur Äußerlichkeiten.

Aber Chulio hat jetzt den Nutzen von dieser Erfahrung, der braucht nicht in die Waschmaschine! Damit er als Einziger noch original-flauschig bleibt. Mir ist es lieber, ich werde benutzt und darf überall mit hin. *Guckt weltbärisch.*

Dänemark

Wir fahren zu Lena und Phinni! Nach Dänemark!

Carlo kommt natürlich mit, er ist mein bester Freund und hat ein eigenes Modeläbel. Für Dänemark hat er uns Osombles genäht. Ich weiß nicht, ob ich das richtig geschrieben habe. Aber das sind so Mützen, wo die Plüschohren raus gucken, mit passendem Schal und Handschuhen. Die haben sogar einen angedeuteten Daumen. Wir haben ja keine Daumen, aber sieht voll toll aus, das Ganze. Alles in einer Farbe.

Ich habe das in braun-beige, steht mir fantastisch! Carlo hat das in pozileigrün, dazu trägt er seine neue schwarze Lederjacke. Er sieht so cool aus!

Näht er alles selber, mein Carlo Freund. Ich habe ja nur mein altes Wintershirt an, mit dem Herzflicken auf dem Ärmel. Weil ich da mal ein Loch drin hatte, von einer Wunderkerze, wegen Weihnachten.

Ach ja, unsere Mamas sind auch dabei, weil, wir können nicht gut Auto fahren. Eigentlich können wir überhaupt nicht Auto fahren, egal. Wir sitzen hinten, weil wir noch etwas klein sind und werden angeschnallt.

Erster Rastplatz hinter der Grenze. Wir dürfen nicht mit rein! Obwohl da kein Bärenverbotsschild an der Tür hängt!

Grummelbrummel.

Wir sollen froh sein, dass wir überhaupt mitfahren dürfen, wird uns angedeutet. Pah. Ohne uns hättet ihr Lena und Phinni überhaupt nicht kennen gelernt. So! Phinni ist ein Bärenbruder. Lena nicht. Die hat kein Fell. Ist aber eine Freundin.

Dänemark ist gleich hinter Hamburg, dann immer geradeaus. Sehr lange geradeaus, Carlo und mir fallen irgendwann die Knopfaugen zu und wir verpennen eine Stunde Dänemark.

Carlos Mama hat eine Frau im Kasten mitgenommen, die uns sagt, wo es langgeht. Aber hinter Hamburg hat sie aufgehört mit uns zu reden, die Kasten-Frau. Wahrscheinlich weil es immer nur geradeaus geht. Oder sie schläft auch.

Kurz vor Bärhaus[13] passiert es dann. Carlo darf gerade mal vorne sitzen, da knallt er aus Versehen mit seiner, tschuldigung, dicken Nase auf das Display von der Kastenfrau! Die wird schlagartig wach und sagt, wir sollen bei der nächsten Abfahrt rechts abbiegen. Klar machen wir. Wir fahren von der Autobahn runter. Beim nächsten Kreisverkehr, sagt sie, wir sollen die vierte Abfahrt nehmen. Hä? Wir gucken uns plüschig an, da kommen wir doch grade her? Wir fahren wieder auf die Autobahn und die Frau beruhigt sich wieder.
Kichert.

Aber dann in Bärhaus zeigt sie, was in ihr steckt. Ha! Sie leitet uns auf direktem Wege zu Lena und sie weiß sogar auf die Minute genau, wann wir ankommen. Wir sind völlig beeindruckt! So finden wir ganz leicht unseren plüschigen Feuerbär-Bären-Freund Phinni. Seine Mama wohnt bei ihm. Da, wo er zu Hause ist, leben die Menschen übereinander. Lustig. Bei uns auf dem Lande

---

13 Arhus.

wohnen die mehr in die Breite. Also, wir rauf zu Phinni, drei Etagen hoch. Die Mädels sind ganz schön am Schnaufen, als sie oben ankommen.

Wir nicht, wir werden ja getragen.

Am nächsten Tag schicken wir die drei Mädels schoppen, das mögen die gern, immer und überall. Und wir Jungs können uns endlich mal in Ruhe unterhalten, über die Weltpolitik, den Klimaschutz, das Bärenamt, und dass bär da immer so schlecht telefonisch durchkommt, und über Phinnis berufliche Zukunft. Irgendwann kommen die Mädels wieder die Treppe hoch geschlurft. Vom Schoppen haben sie sogar noch Geld zurück gebracht. Geld mit Löchern in der Mitte! Sind aber keine Bäros, sind Kronen, sagt Phinni. Ich versuche mir das Ding auf den Plüschkopf zu setzen. Hält aber nicht gut die Krone. Fällt immer runter.

Freundlicherweise gehen sie am nächsten Tag mit uns zu Built-a-bear. Dort werden Bären genäht, so ähnlich wie Retortenbabys bei den Menschen, nur ganz anders, ist klar, oder? Wenn nicht immer fragen. Stapelweise liegen hier leere Fellhüllen rum, die werden gefüllt, geht ganz schnell, macht eine Maschine, plopp, fertig! Dann bekommen die Bären ein Herz eingesetzt. Ein echtes, pumpendes Plastikherz! Rena findet das ganz gruselig. Ich glaube ich hab keins, bei mir pumpt nichts Aber ich lebe trotzdem, also ist das nur Schnickschnack, das mit den Plastikherzen. Super ist aber das

Bekleidungsangebot für Bären! Es gibt Unterwäsche für Bären, Stringtangas, Boxershorts mit Eingriff und Hemden, Pullis, Regenjacken, Freizeitkleidung, alles. Mama kichert albern, wegen der Sache mit dem Eingriff. Ich verstehe das nicht, Carlo auch nicht. Egal, wir wollen beide keine Unterwäsche.

Wir könnten auch Schuhe haben! Flip-flops, hallo? Geht es noch? Haben wir vielleicht Zehen? Klar, die Gummistiefel wären schon praktisch, könnte ich für die Gartenarbeit gut gebrauchen. Andererseits gehe ich bei schlechtem Wetter gar nicht so gern raus.

Die Golfausrüstung, die ich mir im Internet angesehen habe, ist ausverkauft. Gut, dann nehme ich den Kapuzenpulli. Der ist voll lässig, ich trag den gern. Leider gibt es keine Umkleidekabinen, muss ich den eben so anprobieren.

Für Örli suche ich einen Pullunder aus. Mehr so was Klassisches. Weil bär ja noch nicht weiß, wohin er sich charakterlich entwickeln wird. Da ist was Klassisches immer gut. Sagt Mama auch.

Carlo will die Gitarre. Darf er aber nicht haben. Wäre zu teuer. Manchmal weint er immer noch, wegen der Gitarre. Sie würde so gut zu seiner schwarzen Lederjacke passen. Wenn ich reich bin, kaufe ich dir die Gitarre, Carlo! Bärenwort!

Die Mädels wollen unbedingt an den Strand. Ist zwar schon fast Winter, aber wir machen ja alles mit.

Wir haben wieder unsere Winterosombles an, Schal,

Mütze, Handschuhe. Carlo seine Lederjacke, und ich mein Wintershirt. Ist echt eisig kalt. Die Mädels frieren, als sie uns am Strand fotografieren. Das geht eben nicht mit Handschuhen. Gut, dass uns keiner sieht. Die Leute würden sich echt wundern, warum die beiden Frauen so frieren, und die Bären so dick eingemummelt sind. Sind eben treusorgende Bärenmütter.

Der Strand ist herrlich, aber sehr steinig. Nichts mit hinsetzen und in die Sonne gucken, wie im Sommer. Also schnell wieder ins warme Auto. Ein heißer Kaffee wäre das Richtige für unsere beiden Mamas. Nächste Station, ein klitzekleiner Hafen, klitzekleine Hafenkneipe, drinnen riesig große, starke Seebärenmänner! Da wollen sie dann aber nicht rein. Wegen der Seebärenmänner haben sie plötzlich Bedenken[14]. Carlo und mir hätte das nichts ausgemacht mit den Seebären, sind auch nur Bären, sage ich immer.

Also wieder ins Auto. Bei dem Schild: Drive-in-Bagerij, biegen wir ab, das ist das Richtige! Fragt mich mal was eine Drive-in-Bagerij ist! Das ist ein dänischer Bäckerladen mit einem Kundenparkplatz davor! Nicht mehr und nicht weniger.

Weiter geht es. Steht da an der rechten Straßenseite plötzlich ein Weihnachtsmann! Nein, nicht ganz in echt, aber groß! Und der sagt, wir sollen nach dreihundert Metern unbedingt rechts abbiegen, weil er da sein

---

14 Eigentlich will ich Schiss schreiben, darf ich aber nicht, wegen dem Niveau. Niveau ist ganz wichtig, sagt sie. Keine Ahnung was das ist.

großes Weihnachtsmannland habe. Flexibel wie die Mädels sind, und weil frau dem Weihnachtsmann nicht widersprechen sollte, biegen wir nach rechts ab.

Wir lassen uns nichts anmerken, aber Carlo und ich sind total aufgeregt. Das Weihnachtsmannland! Gleich beim Eingang quatscht uns so ein Plastikweihnachtsmann an, als wir unauffällig an ihm vorbei gehen wollen. Auf Dänisch, da verstehst du kein Wort! Und dann singt der auch noch.

Und so geht das in dem ganzen Weihnachtsmannland weiter. Immer wenn wir an so einem Typen vorbeigehen, fängt der an zu singen und zu tanzen. Mama sagt, das ist alles elektronisch und funktioniert durch Bewegungsmelder. Aha. Ich versuche mich nicht mehr zu bewegen, ich finde es hier sehr gruselig. Drinnen gibt es alles, was die Welt nicht braucht, in Glitzer und sehr scheußlich. Aber davon jede Menge.

Ganz am Ende der Halle fängt dann auch noch so ein Elch an zu singen, wie Elvis. Ich glaube es nicht, Elvis ist doch tot! Und den letzten toten falschen Elvis habe ich auf Mallorca gesehen. Der geneigte Leser wird sich erinnern. Ich habe keine Ahnung, was ein geneigter Leser ist, habe ich mal irgendwo gelesen. Schön, dass ich das nun endlich mal anbringen kann.

Aber ich plüsche schon wieder ab. Wo war ich? Ach ja, bei dem Elch, danke. Nach dem Elch kommt auch nichts Schlimmeres mehr. Also alle wieder ins Auto.
In Bärhaus sind wir mit Lena verabredet. Und nun

kommt das Abenteuer überhaupt! Dagegen sind Seebärenmänner und der Weihnachtselch gar nichts. Ha!

Wir fahren nämlich zu einem orientalischen Bazar. Oh
ja, ihr habt richtig gelesen. Orientalischer Bazar. Weiheil, in Dänemark leben nämlich nicht nur Dänen. Da
wohnen auch Leute aus dem Orient und Arabien und von
ganz weit weg. Also überall, wo es wärmer ist, als hier
in Dänemark. Und die können mit den ganzen dänischen
Sachen, die es in Dänemark zu kaufen gibt, nichts an-
fangen. Die wollen andere Sachen zum Essen haben.
Und zum Anziehen auch, und für die Wohnung sowieso.

Lena sagt, der Bazar sei gefährlich. Ich kuschel mich
sofort ganz eng an meine Mama, wollte ich sowieso grade mal wieder. Wieso denn gefährlich? Wir also todes-
mutig, und ich mit meinen Drahtseilnerven, in die große
Bazarhalle. Ich nehme meinen ganzen Plüschmut zusammen, und gucke sehr zornig. Zur Abschreckung so-
zusagen. Alle Verkäufer haben dunkelbraune Knopfaugen, genau wie ich, nur etwas größer. Und die sprechen
auch anders wie dänisch und deutsch. Aber Angst machen die mir nicht.

Wir fragen Lena wieder, was denn hier das Gefährliche sei?

Erklärt sie uns. Wenn es voll ist im Bazar, dann fassen die Männer schon mal blonden jungen Frauen an den
Popo. Aha. Ja, und was ist daran das Gefährliche? Mir
fassen ständig Leute an den Plüschpopo, knuddeln mich,

ohne dass wir uns jemals vorgestellt worden wären! Nein, Lena, das ist nicht gefährlich.[15] Das ist ganz normal. Auch wenn das Fell irgendwann etwas leidet. Aber die Mädels haben ja eh kein Fell. Jetzt bin ich total entspannt. Aber ich werde sowieso nicht beachtet hier. Ist auch nicht so voll heute. Und weit und breit kein anderer Plüschbär!

Also ich finde es toll auf dem Bazar! Alles voll bunt, und die Musik klingt lustig in meinen Plüschohren. Die Mädels kaufen sich viele arabisch-salemalei-kumne Süßigkeiten. Die brauchen so was, wegen ihrer Verdauungssysteme. Sonst werden sie zu schnell müde, sagen sie.

Wer es glaubt! Ich habe den Verdacht, das schmeckt auch irgendwie super. Gleich draußen auf dem Parkplatz probieren sie das ganze süß klebrige Zeug. Dabei verdrehen sie die Augen, stöhnen und seufzen, wie lecker das sei.

Carlo und ich gucken uns nur vielsagend an. Wir bekommen nichts auf dem Bazar. Nur so ein Glitzerkopftuch darf ich mal anprobieren, aber auch nur fürs Foto. Sieht echt doof aus an mir.

Auf der Rückfahrt nach Hause fragen wir Dänen, warum die Löcher in ihr Geld machen. Aber die können nicht richtig sprechen die Dänen, keiner von denen Dänen. Kannste nichts verstehen, von dem Dänisch-Gebrummel. Ich weiß nicht, wie Phinni hier klar kommt.

---

15 Das hat Bruci 2009 geschrieben, würde er heute anders formulieren.

Herr Rodes und der Weihnachtsbär

Nun erzähl ich euch noch die Weihnachtsgeschichte. Dann ist aber auch Schluss, dann muss ich dringend in den Winterschlaf!

Gähnt herzhaft.

Das mit Weihnachten geht so. Erstmal ist da Herr Rodes. Der hat was gegen kleine Bärenjungs. Weil die ihm vielleicht seine Krone wegnehmen könnten. Oder einen Zacken raus brechen.

Und Augustus. Der ist Kaiser, glaube ich. Augustus ist der alleinige Herrscher eines riesigen Imbäriums! Und, es geht ums Nachzählen. Der Augustus will wissen, wie viele Bären eigentlich in seinem Land leben. Deswegen hat er gesagt, jeder soll da hingehen, wo er genäht worden ist, weil das dann mit dem Zählen leichter geht. Oder so. Verstehe ich nicht, aber egal.

Alle machen sich auf den Weg nach Hause. Auch Josef und Maria. Maria wird zu Weihnachten von Josef einen klitzekleinen Plüschbären kriegen. Aber das weiß sie noch nicht, das ist eine Überraschung! Obwohl ihr der Engel Bärt das vor Wochen schon verkündigt hat. Aber sie hat das nicht richtig verstanden, weil der sich so plüschig ausdrückte.

Nun sind die beiden in Bethlehem und suchen ein Hotel zum Übernachten. Ist aber alles ausgebucht. Was nun? Es gibt nur ein Heuhotel, da können sie preiswert unterkommen. Ist aber sehr eng da. Egal.

Und dahann!! Dann passiert es.

Der kleine Bär ist da!

Liegt da plötzlich in einer Krippe im Heuhotel.

Maria freut sich riesig. Josef findet es merkwürdig, weil er den Paketboten gar nicht gesehen hat. Nun ist er schon da, und Maria nennt den Kleinen, Jesus-Bär. Der Kleine ist voll niedlich, und alle sind ganz zufrieden.

Auch die Tiere, die im Stall nebenan stehen, freuen sich sehr. Die Plüschkuh Benila, der Plüschesel, und die Plüschschafe sowieso. Alles voll plüschig und gemütlich da im Heu! Über dem Heuhotel haben die Inhaber auch endlich den neuen Leuchtstern installiert, den kann bär von ganz weit weg sehen.

Nachts kommen die Saisonarbeiter vom Feld ins Heuhotel, weil sie dort immer übernachten. Als die den süßen kleinen Bären sehen, sind sie völlig aus dem Häuschen und freuen sich, weil der Kleine so ein Strahlebär ist!

Der leuchtet ja richtig, sagen sie. Und guckt mal, wie sein Fell glänzt!

Die Feldarbeiter sind so begeistert, dass sie wieder aufs Feld zurückrennen, und allen von dem neuen kleinen Strahlebären erzählen. Später kommen noch die heiligen drei Königsbären. Die haben das von dem Kleinen gehört, und wollen den unbedingt auch mal sehen.

Sie bringen ihm Geschenke mit, Gewürze und Glitzerzeugs. Und? Was soll der Kleine mit dem Kram? Ist aber nett gemeint. Maria hortet die Sachen, kann sie vielleicht später mal gebrauchen. Oder umtauschen, gegen was Praktisches. Schuhe oder so. Frauen tauschen sowieso immer alles um.
Seufzt.

Das war die Geschichte von dem kleinen Jesus-Bären. Schön, oder?

Nachwort

Bruci schläft, seid leise, bloß nicht aufwecken unseren Helden. Vor dem Einschlafen hat er noch gebrummelt, ich soll euch allen danke sagen. Weil ihr ihn motiviert habt, weiter zu schreiben. Hat er sich so drüber gefreut! Und danke an die Mädels aus der Bärengruppe, und die ganzen Plüschfreunde, und…

…dann sind ihm die Knopfaugen zugefallen.
Im Schlaf murmelt er grade was von Zwischendecken einziehen.

Auf der Fähre nach Baltrum – ich, seebärisch guckend.

Weitere Bücher von Bruce Held:

Stierbekämpfer und Bärnsteinsucher (2011)
Bruce – zwischen Schneeschippen und Blätterharken
ISBN-13 : 978-3842359185

In Andalusien spielt Bruce mit dem Gedanken Stierbekämpfer zu werden. Die spanischen Señoritas würden ihn sicher mit Rosen bewerfen - glaubt er. Oder soll er doch lieber Flamencotanzbär werden? In Polen entdeckt er seine Schwäche für Reiseführerinnen. Während der beschwerlichen Busreise nach Danzig schüttelt es ihm das Granulat ziemlich durcheinander. Bei Freund Carlo in Dänemark verpasst er um Plüschhaaresbreite Königin Margarethe. Wieder zuhause kündigt sich bereits die nächste Reise an. Ambärika!

Bruce entdeckt Amerika (2012)
ISBN-13 : 978-3848206452

Bruce entdeckt Amerika. Oder, wie er es nennt, Ambärika! Beim Einchecken am Flughafen gibt es schon die erste Aufregung! Warum hat Tante Elki ein Messer dabei? Ist sie eine Terroristin?
   Seiner scharfen Beobachtungsgabe entgeht nicht, dass seine Mama neben den amerikanischen Frauen eher blass aussieht. Und, dass in den Kirchen der Bär steppt. Und, dass das mit der amerikanischen Freundlichkeit mit dem ewigen Sonnenschein zusammen hängen muss. Und, dass ältere Menschen sich hier lieber einzäunen lassen. Und, dass sich gepflegte Wohnviertel plötzlich in Geisterbahnen verwandeln. Bruce hat keine Zeit, über all das nachzudenken, er schreibt erst einmal alles in sein Notizbuch.

Von Dromedaren und Derwischen (2013)
ISBN-13 : 978-3732237111

Bruce reist in die Türkei, nach Kappadokien. Er gruselt sich in unterirdischen Städten, und versucht zu tanzen wie ein Derwisch. Weiche Schale und weicher Kern, das zeichnet Bruce aus. Aber bei den Verkaufsveranstaltungen während der Rundreise bleibt er knallhart. Keine Lederjacke kann ihn reizen, und Goldketten würden in seinem zotteligen Fell nicht gut aussehen. Die Herzlichkeit der Türken rührt jedoch seine Plüschseele. Nun hofft er, dass sein kleines Dromedar bald geliefert wird. Angezahlt ist es schon. Glaubt er.

Ein Bär schreibt mit! (2016)
ISBN-13 : 978-3839147535

Bruce schreibt mit.
Vor spanischen Fahrkartenautomaten, in polnischen Fahrstühlen, in marokkanischen Reisebussen, in dänischen Eisdielen, bei türkischen Apothekern, immer hat Bruce sein Notizbuch dabei, um sich alles zu notieren und darüber später in Ruhe nachzudenken.
Selbst nach anstrengenden Reisen hat er noch Zeit, sich über das Familienleben der Kellerasseln in seinem Garten Gedanken zu machen.

Bruce- Held ohne Hose! (2018)
ISBN-13 : 978-3748109839
Helden brauchen keine Hosen und Bruce schon gar nicht.
Er begleitet seine felllosen Menschen auf ihren Reisen und notiert sich dabei alles, was ihm auffällt. Um darüber später noch gründlich nachzudenken, oder sich mit dem Schreiben zuhause erfolg-

reich vor dem Blätter harken zu drücken. Mit dem Verkauf seiner Bücher möchte er reich werden und sich dann einen Porsche kaufen. Was noch sehr lange dauern kann. Wieso Frauen für das Kofferpacken soviel Zeit brauchen bleibt ihm ebenso rätselhaft, wie das plötzliche Verschwinden einer ganzen Stunde in Bulgarien. Im spanischen Bergland erlebt er mitten in der Nacht die aufregendsten Stunden seines Bärenlebens. Aber es bleibt ihm keine Zeit zum Erholen. Mit einem geschenkten Gaul geht es nach Prag.

Bruce Held - Ein Bär packt aus:
Die schönsten Reisegeschichten (2012)
Audio CD – Hörbuch
ISBN-13 : 978-3000385575
Bisher hatte Bruce mit dem Bücherschreiben alle Tatzen voll zu tun. Dann lernte er durch Christian Kraus einen Seelenverwandten kennen: den Schauspieler Wolfram Fuchs. Beide verstanden sich auf Anhieb und Wolfram Fuchs wurde zu Brucis Stimme. Der Gitarrist Harald Schönecker wurde ebenfalls für das Projekt begeistert und gibt mit seinen Gitarren-Miniaturen der Aufnahme eine weitere Dimension.
Geeignet für alle Bären, die besser hören als lesen können.